T5-DHH-985

UNA NUEVA FAMILIA
Lucy Gordon

publicado por Harlequin

NOVELAS CON CORAZÓN

Editado por HARLEQUIN IBÉRICA, S.A.
Hermosilla, 21
28001 Madrid

I.S.B.N.: 84-396-5078-7
Depósito legal: B-16435-1996
Editor responsable: M. T. Villar
Diseño cubierta: María J. Velasco Juez
Composición: M.T., S.A.
Avda. Filipinas, 48. 28003 Madrid
Fotomecánica: PREIMPRESIÓN 2000
c/. Matilde Hernández, 34. 28019 Madrid
Impresión y encuadernación: LITOGRAFÍA ROSÉS, S.A.
c/. Progreso, 54-60. 08850 Gavá (Barcelona)
Fecha de impresión: Mayo-96

Distribuidor exclusivo para España: M.I.D.E.S.A.
Distribuidor para México: INTERMEX, S.A.
Distribuidores para Argentina: interior, BERTRAN, S.A. / Buenos
Aires y Gran Buenos Aires, VACCARO SÁNCHEZ y Cía, S.A.

Capítulo Uno

Melanie estaba sentada en el pasillo de la lujosa casa de Giles Haverill, odiándolo.

Lo había odiado durante ocho años, pero nunca tanto como en ese momento, cuando se encontraba a punto de conocerlo. Trató de dominarse, sabiendo que los próximos minutos serían decisivos para su vida. Debía sonreír y decir las palabras que persuadieran a aquel hombre de admitirla en su hogar. Jamás debía sospechar que, bajo su aspecto tranquilo, el odio la consumía.

La puerta del estudio se abrió y una voz habló en tono perentorio.

—Ya puede pasar, señorita Haynes.

Allí estaba su enemigo, volviendo a acomodarse tras el escritorio de roble atestado de papeles. Era un hombre grande, de hombros anchos y pelo negro, con el rostro enjuto y atractivo y el ceño fruncido. La tensión irradiaba de él. Le echó un rápido vistazo de arriba abajo con el que pareció traspasarla. Melanie tembló asustada de que pudiera verle directamente el corazón y averiguar su secreto. No obstante, él se limitó a gruñir de una manera que bien podía indicar que aprobaba sus ropas discretas y su cabello recogido. Haverill le indicó que se sentara con un gesto y guardó unos papeles.

Mientras él estaba ocupado, Melanie observó el estudio. Era la oficina de un hombre rico con gustos sencillos aunque caros.

—Me sorprendió recibir su solicitud, señorita Haynes. Es verdad que estaba pensando en contratar

3

a alguien para que cuide a mi hijo, pero todavía no había puesto ningún anuncio.

—Lo oí comentar en la Escuela Ayleswood. Trabajo allí, por el momento.

—Eso me dijo por teléfono —repuso él con una mirada dura—. Hay ochenta alumnos en esa escuela, ¿no le interesaba encargarse de cualquier otro?

—No...

—Entonces, ¿por qué David?

—No he podido evitar fijarme en él...

—Teniendo en cuenta que durante los dos últimos meses no ha dejado de meterse en jaleos, no me sorprende.

—No me parece que David sea un mal chico —se apresuró a decir ella—. Sólo que no es feliz. Por supuesto, también sé que no tiene a su madre...

—Hace un año que su madre me abandonó por otro hombre. No quiso llevarse a su hijo, me alegro por mí, pero ha tenido un efecto negativo sobre David.

—Me lo imagino —dijo Melanie en voz baja.

—Me pregunto si tiene una idea clara de lo desafortunado de la situación —dijo Haverill con una mueca amarga—. Mentiras, hurtos insignificantes, faltas a clase, todo lo que en el futuro lo convertirá en un delincuente si no se le pone remedio pronto.

—Yo preferiría decir si no se le pone «cura» ahora.

Haverill sacudió la cabeza.

—Mi hijo no está enfermo y yo no creo que la infelicidad justifique el delito. Quiero hacer todo lo posible para que vuelva a ser un niño feliz, pero eso no significa que haga la vista gorda cuando se comporta mal. Ningún hijo mío va a educarse como un salvaje porque yo no haya levantado un dedo para impedirlo.

Melanie apretó las manos sin que él lo viera mientras se preguntaba cómo iba a ocultar el profundo disgusto que le producía aquel hombre y sus juicios implacables. Hablaba de que su hijo fuera feliz, pero no había amor en su voz, sólo la determinación férrea de arreglar las cosas a su manera.

—¿Sabía que David es adoptado? —preguntó él bruscamente.

—Yo... Los informes de la escuela no lo mencionan —contestó ella.

—Mi esposa no podía tener hijos. Quizá por eso también le haya abandonado.

—¿Y él? ¿Sabe David que es adoptado?

—Sí. Se lo dijimos en cuanto tuvo edad para comprenderlo. Creímos que sería mejor que creciera sabiendo la verdad con naturalidad. Pero ahora no sirve más que para agravar el problema. Siente que ha perdido dos madres, si la primera fuera digna de llamarse así. ¿No cree?

—Bueno... ¿No debería oír su versión de lo sucedido? —tartamudeó ella.

—No me parece que pueda haber ninguna justificación. Bien, dejemos eso. También debo hablarle de la señora Braddock. Es una asistente social que se ha tomado demasiado interés por David desde que se está portando mal. Ha escrito informes sobre lo «angustiado» que se siente y ha recomendado que «se le observe de cerca». Atreverse a decir que mi hijo... mi hijo.

Una sombra repentina de rabia transformó su rostro. Melanie contempló asombrada la ira que deformaba sus ragos atractivos. Parecía cruel, despiadado, capaz de cualquier cosa. Haverill se dio cuenta de que ella le estaba mirando y recobró la compostura.

—Ha empezado a insinuar que debería reclamar su custodia, entregarlo en acogida a otros padres que puedan «proporcionarle un hogar normal», como ella dice.

—Pero él se ha acostumbrado a estar con usted —protestó Melanie—. ¿Cómo puede pensar esa mujer que sería beneficioso para el niño perderle a usted igual que a su madre adoptiva?

—Eso fue lo que yo le dije. Pero, tal como recalcó ella, yo no estoy mucho con él. Tengo que encargarme de mis negocios y Zena era quien más cuidaba de David. Cuando ella se fue creí que podría arreglármelas, pero no ha sido tan fácil.

Haverill vio el gesto de amargura en al cara de Melanie y se apresuró a continuar en tono duro.

—No soy un hombre de la nueva ola, señorita Haynes y no pretendo serlo. He intentado educar a David como mi padre me crió a mí, para que tenga sentido de la responsabilidad y algún día sea capaz de cargar con la tarea de dirigir Haverill & Hijo. Es una obligación muy pesada y se requiere a un hombre que esté educado para eso literalmente desde la cuna.

—Comprendo.

—No lo creo —dijo él, apresurándose a replicar a la nota helada de su voz—. Le he procurado la mejor educación que se pueda pagar con dinero porque va a necesitarla y él confirmó la fe que yo le tenía. Desde el primer momento fue el primero de su clase. En la guardería, David ya leía cuando los demás seguían jugando con la arena.

—Sabría que se iba a armar la gorda si no lo hacía —dijo ella sin poder aguantarse.

—Siempre le he hecho saber que esperaba mucho de él. Creo que esa actitud estimula la respuesta de los niños. Y, desde luego, él respondió, hasta hace poco. Ahora falta a clase y se ha vuelto un vago, sinceramente...

—Sinceramente usted piensa que él le está defraudando —le desafió Melanie.

Haverill volvió a lanzarle una mirada dura.

—Sí.

La intención de Melanie había sido mantenerse tranquila, pero su temperamento fue más fuerte.

—No me explico por qué no ha dejado que la

señora Braddock se lo llevara. Las mercancías defectuosas pueden devolverse.

—Porque es mío —dijo Haverill implacablemente.

—Pero no es su hijo, ¿verdad? Al menos, no de sangre.

—La sangre no tiene nada que ver con esto —dijo él, rechazando el tema de la paternidad natural con un gesto arrogante de la mano—. Es mío porque yo digo que es mío, porque yo he querido que fuera mío. Y jamás renuncio a lo que me pertenece.

Sus ojos la miraron un momento. Entonces, Giles Haverill se recobró con un sobresalto, dándose cuenta de que había estado peligrosamente cerca de defenderse y explicarse a sí mismo. Tenía por norma no hacer ninguna de las dos cosas, pero aquella mujer joven le había hecho salir de sus barreras defensivas en unos pocos minutos. Sentía a la vez dos impulsos contradictorios; librarse de ella antes de que siguiera molestándolo y confesarle todo el infierno de confusión y amargura en el que estaba viviendo. Descubrió que no podía elegir, lo que le alarmó aún más, porque la indecisión era algo desconocido para su carácter.

—¿Le apetece un café? —preguntó, retirándose a la seguridad de la cortesía.

El cambio brusco de tema la pilló desprevenida.

—Gracias... sí.

—Tendría que habérselo ofrecido al entrar, pero ando tan despistado estos días que he olvidado la buena educación. ¿Leche? ¿Azúcar?

—Leche. Sin azúcar, gracias.

Haverill le sirvió y volvió a sentarse.

—Cuénteme algo sobre usted misma. Me decía en su carta que había dejado los estudios a los dieciséis años, ¿No fue a la universidad?

—No me atraía. Tengo dos hermanas y un hermano que sí fueron.

Haverill sonrió de repente, una sonrisa que iluminó su cara con una mirada burlona que resultaba inesperadamente atractiva.

—Me pregunto por qué sería. ¿La oveja negra de la familia?

—Sí —contestó ella impulsivamente—. Yo era la chica mala de la familia, todo el mundo lo decía.

—O sea, que David y usted tienen algo en común. Con calma, no se atragante.

—Lo siento —carraspeó ella—. Se me ha ido por el otro lado.

Haverill esperó a que ella se calmara.

—¿Qué le ha ocurrido? ¿Le ha molestado que dijera que David y usted tienen algo en común?

—No, en absoluto —se apresuró a responder—. Todo lo contrario, me alegro. Creo que David necesita la clase de comprensión que yo puedo brindarle. Sé por experiencia que los malos comportamientos proceden de la frustración.

—¿Tan triste fue su niñez?

—No es divertido ser la oveja negra.

—Pero todo eso es pasado. Estoy seguro de que ahora sus padres se sienten muy orgullosos de usted.

Hubo una larga pausa antes de que Melanie contestara.

—Hace años que no me relaciono con mi familia.

Haverill esperó un momento a que ella siguiera explicándose, pero fue en vano. Meditó sobre Melanie mientras el ceño fruncía su frente.

—No puedo verla bien donde está. Acérquese aquí.

Haverill se levantó y se acercó a la ventana. Ella le siguió y se quedó bajo la luz mientras la contemplaba. Ella también podía verlo mejor ahora. Debía tener unos treinta y tantos, con una cara adusta que parecía hecha a propósito para inspirar autoridad. Su boca le sorprendió, estaba bien formada y era expresiva, una boca que muchas mujeres hubieran encontrado irresistible. Aquellos labios permanecían relajados mientras Haverill la contemplaba, sin embargo Melanie tuvo la impresión de que no era un hombre feliz. No le tenía lástima. Haverill había contribuido mucho a su propia infelicidad.

—Suéltese el pelo —ordenó él.

—¿Qué? —dijo ella mirándole—. ¿Qué importancia puede tener mi pelo?

—No pido las cosas sin motivo. Por favor, haga lo que le he dicho.

Melanie se sacó las horquillas del cabello y dejó que cayera en ondas en torno a sus hombros. Haverill tomó un mechón entre sus dedos para sentir su suavidad.

—Es un pelo precioso.

—No comprendo lo que mis atributos físicos tienen que ver con esto —dijo ella bruscamente.

—Yo creo que sí, por eso se ha recogido el pelo, para ocultar su belleza. Y por eso no lleva maquillaje, porque quiere dar un aspecto profesional y severo. No le ha funcionado. Tiene un rostro hermoso y delicado, unos ojos verdes maravillosos y una figura que debe volver locos a los hombres —dijo él con una voz fría y calculadora que vaciaba las palabras de cualquier asomo de halago—. Y sabe tan bien como yo que no puedo contratarla.

La negativa estalló como un trueno en su corazón. Melanie necesitó un instante para recobrarse.

—No, no lo sé.

—David necesita estabilidad. Necesita una mujer que esté a su lado contra viento y marea. Había pensado en una mujer de mediana edad, una viuda o una divorciada, alguien con hijos mayores y quizá hasta con nietos. Usted es una mujer joven y bonita, lo que significa que no se quedará mucho tiempo.

—En absoluto significa que...

—¡Oh, vamos! A su edad, lo natural es que se enamore y después se case. No quiero que desaparezca dentro de unos pocos meses, justo cuando David empiece a confiar en usted.

—Eso está absolutamente descartado —dijo ella desesperada.

—¿Descartado? —repitió él.

—Sin la menor duda —insistió ella, tratando de mantener la calma.

—¿No tratará de decirme que no hay ningún hombre en su vida?

—No lo hay.

—No la creo. Los dones que la naturaleza le ha concedido son muy tentadores. A mí no me afectan porque estoy bien acorazado, pero muchos otros hombres, no. Deben rondarla como moscas alrededor de un tarro de miel.

—Puede ser —dijo Melanie, luchando para no perder los estribos—. Pero yo no les provoco. A ninguno. Como usted, señor Haverill, estoy bien acorazada.

—Entiendo —dijo él sombrío—. Siempre es así, ¿no?

—Me temo que no le comprendo.

—Cuando una mujer renuncia al amor suele significar que le han roto el corazón. ¿Quién es él? ¿Está esperando que vuelva a por usted?

Los ojos de Melanie relampaguearon de furia.

—Señor Haverill, no es asunto suyo, pero...

—Lo que sea o no asunto mío, lo decido yo.

—...pero la única vez que creí estar enamorada fue hace nueve años. Y será la última. Puede estar seguro.

—Tendré que fiarme de su palabra. Necesito a alguien capaz de hacer que David se sienta seguro y querido. ¿Es usted la mujer que puede conseguirlo?

—¡Sí! —afirmó ella, mirándole fijamente—. Nadie más puede hacerlo como yo.

—En ese caso, vamos a verle.

Haverill la condujo al pasillo y a una escalera ancha.

«Con cuidado», se dijo Melanie. «Que Haverill

no sospeche que ya has estado en esta casa, que conoces el camino. Arriba, a la derecha, el último cuarto del pasillo. Es el mismo cuarto y la misma puerta que te cerraron en la cara hace...»

Una mujer mayor que llevaba un delantal les esperaba junto a la puerta cerrada. Discutía con alguien que había dentro. Levantó la vista cuando ellos llegaron.

—Lo siento, señor. David se ha vuelto a cerrar con llave.

Haverill llamó con unos golpes fuertes y levantó la voz.

—David, sal de ahí ahora mismo. Sabes que no te tolero este comportamiento.

Melanie se mordió los labios. Tenía ganas de gritar que no le amenazara, que sólo era un niño herido y asustado, pero no dijo nada.

«David».

Lentamente, la llave giró en la cerradura y la puerta se abrió. Apareció un niño rubio que hubiera podido tener una cara angelical a no ser por la expresión de hosco desafío que la ensombrecía.

—Esta es la señorita Haynes —dijo Haverill—. Ya la conoces de la escuela. Va a quedarse con nosotros y cuidará de ti.

No hubo respuesta. El niño la miró con un silencio en el que no había amistad.

—David... —empezó Haverill con una advertencia en el tono de voz.

—No se preocupe —dijo Melanie—. Tendremos tiempo de sobra.

Haverill suspiró.

—De acuerdo. Hablaremos sobre el sueldo en mi despacho. ¿Cuándo podrá mudarse?

—Mi trabajo termina dentro de dos días. Vendré inmediatamente después.

—Perfecto. Haré que le preparen una habitación.

—Adiós, David —dijo ella sonriéndole al pequeño—. Pronto volveré y entonces podremos conocernos mejor.

Callado, el niño se retiró a la habitación si apartar los ojos de ella. Eran los ojos de un desconocido, fríos, reservados. Los ojos de su hijo.

Aquella noche, en el piso triste donde vivía sola, Melanie sacó una fotografía y la contempló. Estaba ajada por el uso, con los bordes deteriorados y manchada con sus lágrimas. Era de un bebé de una semana que dormía entre los brazos de su madre y también era el único recuerdo que conservaba del hijo que había traído al mundo a los dieciséis años.

No se había casado con el padre. Él desapareció tan pronto como supo que estaba embarazada, sin embargo, en aquel momento, a ella no le había importado. Su amor por Peter, su hijo, había sido inmediato, apasionado y absoluto. Podía pasarse las horas abrazándolo, mirando su carita, conociendo la plenitud total. Mientras que Peter la necesitara, nada más importaba.

Incluso con tan pocos días, Peter ya era una personita. Mientras Melanie le sonreía, él la miraba con la misma seriedad que un adulto diminuto. Entonces sonreía de repente, como el sol saliendo por detrás de las nubes, siempre pillándola por sorpresa y siempre llenándola de alegría. Por un tiempo, en el mundo sólo existieron ellos dos.

Entonces, su madre había hablado fríamente con ella.

—Ya es hora que pienses con un poco de sentido común. Desde luego que no puedes quedarte con el niño. Es una idea ridícula.

—¡Es mío! ¡Se queda conmigo! —gritó ella.

—Mi pequeña, ¿cómo? Al vago de su padre le faltó tiempo para esfumarse...

—Peter es... es mi hijo.

—Bueno, no lo sería si hubieras tenido el seso suficiente para abortar. Creí que acabarías dándote cuenta de que es imposible que te quedes con él.

—Tú podrías ayudarme... —suplicó Melanie.

Pero su madre había criado a cuatro hijos y consideraba que ya había «hecho su parte». Además, ahora tenía un trabajo que le gustaba y dejó muy claro que sus días de preocuparse por los críos habían pasado.

—Entonces, lo cuidaré yo sola. Conseguiré un piso y...

—¡Ah, claro! Un piso, sí. En un bloque de apartamentos horrible, con un ascensor que nunca funciona y las escaleras llenas de jeringuillas, viviendo de un subsidio que nunca alcanza. ¿Esa es la vida que quieres para él?

Melanie sacudió la cabeza. Las lágrimas rodaban por sus mejillas y se apretó contra su hijo con más fuerza que nunca. Había resistido desde el primer momento, pero la euforia de los primeros días estaba siendo insidiosamente sustituida por la depresión post parto.

En la negrura que pareció rodearla después de aquello, sólo una cosa permaneció inalterable, su amor por Peter. Le dio el pecho, vertiendo su adoración con la leche materna, aferrándose a la esperanza de que sucediera un milagro que le permitiera conservar a su niño.

Pero no ocurrió. El azote verbal de su familia era constante, siempre sobre el mismo tema.

—Si le quisieras, lo entregarías a una institución. Los niños necesitan una familia, una vida mejor. Si le quisieras, lo entregarías.

Al fin, destrozada, profundamente deprimida, sin apenas darse cuenta de lo que estaba haciendo, firmó los documentos y se despidió de su hijo. Durante seis meses, la convicción de haber hecho lo correcto la mantuvo en pie. Y entonces, el día después de que el juzgado hubiera concedido la adopción, las nubes se desvanecieron de su cerebro y, con una claridad brutal y horrible, supo lo que había hecho.

La separación de su pequeño fue una agonía sin cura. Las súplicas desesperadas de que le informaran dónde estaba se estrellaban contra vagas frases burocráticas sobre la confidencialidad. Todos los trámites legales habían sido cumplimentados. Era demasiado tarde para cambiar de opinión.

Su última esperanza era una amiga que trabajaba para el ayuntamiento y que infringió todas las normas para darle los nombres, el señor y la señora Haverill, y una dirección. Frenética, fue a su casa para implorarles, pero Giles Haverill estaba en Australia, ampliando el imperio comercial que regentaba en nombre de su padre. Su esposa, Zena, se hallaba ocupada en plena mudanza. Si Melanie había esperado encontrar un corazón maternal y comprensivo, se desilusionó amargamente. Zena Haverill era una mujer joven, de rasgos fuertes y voz gélida, que no tenía la menor intención de desprenderse de lo que consideraba su propiedad.

—Hay muchos más niños —suplicó Melanie.

—¿Más niños? Criatura, ¿no sabes lo difícil que es conseguir un niño con los tiempos que corren? Ahora que tengo a David, no pienso desprenderme de él.

—Su nombre es Peter.

—Giles, mi marido, prefiere que se llame David, como su padre. Es un hombre muy rico, ya sabes. A David no le faltará de nada y me atrevería a decir que estará mucho mejor que con una madre soltera y bastante inestable, si no te molesta que lo comente. Mira, te lo pondré claro porque ya estoy cansada de discutir. Yo no puedo tener niños y David es justo lo que Giles quería.

—Giles, Giles —rugió Melanie—. ¿Por qué no dice que es usted la que lo desea?

—No hay necesidad de seguir discutiendo —repuso Zena fríamente y algo en su voz le dijo a Melanie cuál era la terrible verdad.

—Usted no lo quiere, ¿verdad? Su esposo desea un heredero y nada más. Usted no lo ama.

—No nos dejemos llevar por la histeria. David disfrutará de una vida priviligiada.

—Pero no tendrá una madre que lo quiera —gritó Melanie—. ¡Oh, Dios mío!

Zena la contempló desapasionadamente.

—La asistente social me dijo que te libraste de él porque querías tocar en una banda de rock. Si he de juzgar por esta actuación, deberías probar suerte con el teatro. En cualquier caso, no me conmueves.

—¿En una banda de rock? —repitió Melanie, apabullada—. No sé a qué se refiere. Quizá le haya comentado que hace tiempo pensaba hacer algo así, pero no he entregado a Peter por nada parecido. No me importa mi carrera, sólo quiero recuperar a mi niño.

—Es mi niño —dijo Zena tranquilamente—. Mío y de mi marido. Y ahora, creo que será mejor que te vayas.

Melanie rogó que le dejaran ver por última vez a su pequeño, que le dieran una oportunidad de decirle adiós, pero Zena se mostró inflexible.

—Hace meses que no te ve, sólo conseguirías molestarlo. Además, no está aquí.

—No es verdad, puedo oírlo.

Melanie echó a correr escaleras arriba, hacia donde oía llorar a su hijo. En su locura, le parecía que Peter la llamaba. Pero nunca llegó a verlo. La niñera salió de la habitación del fondo del pasillo, cerró la puerta con gesto firme y apoyó la espalda contra ella.

—¡Peter! —gritó Melanie—. ¡Peter!

15

Entonces Zena la alcanzó. Entre la niñera y ella la obligaron a bajar al vestíbulo.

—Te sugiero que te vayas antes de que llame a la policía y te denuncie por intento de secuestro —dijo Zena sin aliento.

Salió dando tumbos de la casa, llorando a lágrima viva. Gritó cuando cerraron de un portazo.

—¡Es mi hijo! ¡Lo recuperaré! No me importa lo que tenga que hacer.

Pero, al día siguiente, Zena se fue a Australia llevándose a Peter consigo.

Melanie intentó dejar atrás el pasado y planear una carrera. Tenía talento para el piano. Durante una temporada había tocado los teclados en una banda de rock con un éxito modesto.

Al poco, la banda de rock se disolvió. Melanie estaba cada vez más cansada de la futilidad de la vida y abandonó la música por unos cursos de secretariado. Se inscribió en una agencia de trabajo y consiguió varios contratos hasta que la llamaron para trabajar un mes en la Escuela Ayleswood, una institución selecta y cara, cuya secretaria estaba enferma. Y allí encontró su milagro, en los archivos de la escuela.

Su nombre era David Haverill, hijo de Giles y Zena Haverill, y la dirección era la misma casa en la que ella había batallado con Zena. No podía haber duda. La familia había regresado de Australia y ahora su hijo estaba allí, a unos cuantos pasos de ella.

Cuando se calmó del primer arrebato de alegría, empezó a buscarlo lentamente, con cuidado para no llamar la atención. Había tres niños con probabilidades de ser él. Ninguno tenía sus rasgos ni los de Oliver, pero los tres eran rubios, como ella. Alentaba sueños de reconocerlo en un instante, como en un estallido de luz cegadora, pero no sucedió así.

Sucedió por un hurto.

Melanie llegó una tarde a la recepción de la oficina de la directora para encontrarse con uno de los niños que tenían probabilidades de ser su hijo. Estaba sentado al borde de una silla, la carita convertida en una máscara que podía ocultar desafío, indiferencia, o puro y simple abatimiento.

—Hola —dijo Melanie con cautela—. Traigo unos informes para la señora Grady. ¿Sabes si está en su despacho?

El niño la miró un rato antes de asentir.

—Me ha dicho que esperara aquí.

—Soy Melanie. ¿Cómo te llamas?

—David.

El corazón le dio un vuelco.

—¿David Haverill? —preguntó casi sin aliento.

El pequeño volvió a asentir.

—¿Estás aquí por algún problema? —preguntó ella.

Por primera vez, él levantó la cabeza y la miró directamente. Su movimiento de cabeza fue casi imperceptible, sus ojos recelosos.

—Vamos, no será tan malo, ¿verdad?

Antes de que David pudiera contestar, la directora abrió la puerta de su despacho.

—Ya puedes pasar, David.

Melanie se vio obligada a dejar los informes que había llevado y a irse fingiendo indiferencia a pesar de la agitación que sentía. Al cabo de tantos años había encontrado a su hijo.

Tuvo que esperar a la mañana siguiente para averiguar más detalles. Mencionó casualmente el incidente y le preguntó por qué había llamado al niño a su despacho.

—Por robar, y no es la primera vez. Supongo que no deberíamos culpar demasiado al chico. Antes de quedarse sin madre, nunca había actuado así.

—¿Ha perdido a su madre?

—No, ella se escapó y dejó abandonada a la pobre criatura. Ya hace un año de eso.

—¿Y su padre?

La voz de la señora Grady se endureció de disgusto.

—Ayer tuve que sacarlo de una reunión para contarle lo que había sucedido. No se sintió muy feliz. ¡En fin! Creo que quiere al muchacho, pero como un ejecutivo, algo así como los negocios son primero. La verdad es que antes estaba muy orgulloso de él. Pero sinceramente, el padre tampoco se está adaptando bien y si no empieza corregir la situación, puede acabar perdiendo al niño.

—Pero, ¿por qué? —preguntó Melanie sorprendida—. Hay muchos padres que educan a sus hijos solos.

—No se trata de eso. David se ha escapado dos veces, tratando de encontrar a su madre. En una ocasión, desapareció durante dos días. Tuvimos que llamar a la policía para que lo buscara. Naturalmente, los servicios sociales tomaron cartas en el asunto y descubrieron lo de los hurtos. A ellos les parece un chico perturbado. Le han asignado una asistente social y sé que ella no cree que Giles Haverill esté haciendo maravillas para darle a David el apoyo que necesita.

Aquella noche Melanie soñó que Peter volvía a llamarla. El bebé que había oído ocho años antes y el niño que se había escapado para buscar a su madre se fundieron en uno solo que le suplicaba que fuera a rescatarlo. El destino le había ofrecido la oportunidad por la que tanto había rezado, reunirse con su hijo, aunque significara ser su niñera y no su madre.

Elaboró sus planes con fría determinación. No podía haber fallos. Mientras estudiaba secretariado, había trabajado como canguro. Contactó con aquellos padres para que le dieran referencias y, cuando las tuvo, llamó a Giles Haverill.

Capítulo Dos

La habitación en que habían alojado a Melanie estaba al lado de la de David y Brenda, el ama de llaves, la había dejado inmaculada.

—Gracias a Dios que está usted aquí, señorita —dijo Brenda—. Yo no puedo con este niño. Es un pequeño demonio. Es grosero y difícil. Se encierra en su cuarto y cuando sale, la mitad del tiempo no abre la boca.

—Puede que no tenga nada que decir —comentó Melanie provocando el disgusto del ama de llaves.

—¡Pues sí! La semana pasada desaparecieron todos mis trapos. Todos, hasta el último. Los había escondido debajo de su cama sólo por la gracia de verme buscarlos.

Melanie se echó a reír.

—A mí no me parece especialmente malvado, es sólo una travesura normal.

—Y luego está la manera en que te mira.

—¿A qué se refiere?

—Te mira como si pudiera ver a través de ti. Se te queda mirando y dale que te dale, acaba poniéndote nerviosa.

—¿Tiene algún amigo?

—Ya no. Hizo algunos en la escuela, pero desde que se convirtió en un ladrón...

—¡No le llame ladrón!

—¿Y cómo voy a llamar a un niño que roba? Porque usted sabe que roba, ¿no?

—No creo que sea una buena idea colgar carteles del cuello a un niño —dijo Melanie con firmeza.

—Como usted quiera —dijo Brenda encogiéndose

19

de hombros—. Pero asegúrese de guardar bien sus cosas.

Una sombra oscureció la puerta. Melanie alzó la mirada y vio a Giles.

—Cuando haya acabado de instalarse, señorita Haynes, quizá quiera venir a mi despacho.

Haverill se fue sin aguardar una respuesta. Melanie bajó al cabo de un rato y se lo encontró mirándola desapasionadamente.

—Quizá deba dejar claro desde el primer momento que sus deberes no incluyen el escuchar a Brenda calumniar a mi hijo.

—Creo que mis deberes incluyen cualquier cosa que pueda ayudar a David —dijo ella con calma—. Y para eso, debo conocer todo lo posible sobre sus problemas.

—Yo puedo decirle todo lo que necesita saber.

—¿En serio? Seguramente habrá muchas cosas acerca del niño que usted desconozca. ¿Por qué no deja que me acerque a él a mi manera?

—Muy bien —dijo con una nota de rechazo en la voz—. Pero no quiero volver a oír ese tipo de conversaciones.

Melanie se dio la vuelta para irse, confirmada la pobre opinión que tenía de aquel hombre, cuando él la llamó.

—Señorita Haynes...

El rechazo se había convertido en una incertidumbre que sorprendió a Melanie.

—Esos trapos... Sólo era una travesura infantil, ¿no es verdad? Lo que cualquier niño de su edad haría —dijo él, su voz casi una súplica.

—Exactamente la clase de travesuras que yo hacía cuando era pequeña. Ya le dije que era la oveja negra de la familia. ¿Puede decirme dónde puedo encontrar a David?

—En el jardín.

El jardín era enorme y podría haber sido un lugar

encantado para un montón de críos, pero resultaba abrumador para un único niño solitario. David estaba sentado sobre un tronco, tirando ramitas con aire distraído. Melanie estaba segura de que la había oído acercarse, aunque se negó a levantar la cabeza.

—Hola —saludó ella alegremente.

El niño siguió tirando ramitas, ignorándola.

—¿Es que no te acuerdas de mí? —insistió ella.

Al final, alzó la cabeza, la contempló en silencio y ella entendió lo que Brenda había querido decir al referirse a su forma de mirar.

—Mi nombre es Melanie. Ya sé que tú eres David. Me alegro de poder conocerte como es debido.

Una inspiración súbita la impulso a extender la mano, como hubiera hecho con cualquier adulto.

—¿Cómo estás?

Tras contemplarla recelosamente un momento, David se la estrechó.

—¿Que tal? —dijo con cortesía.

—¿Te ha hablado ya tu padre de mí? —preguntó ella, con la precaución de avanzar despacio.

—Sí. Dice que será como volver a tener a mamá en casa, pero es mentira.

—Claro que no será lo mismo —dijo ella—. Tu papá no quería decir que yo puedo ser igual que tu mamá ni ocupar su lugar. Lo que él quería decir es que voy a estar aquí siempre que me necesites.

Le dolía tener que calificar a Zena de madre, pero no había tiempo para ocuparse de sus propios sentimientos.

—No te necesito. No necesito a nadie. No necesito a mamá, ni a papá, ni a nadie.

—Bueno, puede que tú no —dijo ella como si fuera un asunto importante—. Pero puede que tu papá sí te necesite. ¿No lo has pensado?

—Papá no me necesita —dijo David sacudiendo la cabeza.

—¿Por qué lo dices?

—Porque soy malo.

Aquella frase hizo que los ojos de Melanie se llenaran de unas lágrimas que tuvo que contener.

—No digas que eres malo. No es verdad.

—Sí, sí que lo es. Todo el mundo lo dice.

—Yo también era una niña mala, ¿sabes? —dijo ella, tratando de parecer alegre—. Uno de mis profesores le dijo a mis padres que iba a convertirme en una delincuente juvenil.

—¿Qué es un deli... bueno, eso?

—¿Un delincuente juvenil? Alguien que las hace gordas, que arma jaleo. Lo de los trapos no es nada comparado con las jugarretas que yo gastaba.

—Brenda se enfadó mucho —dijo él satisfecho.

—Claro, no es divertido si no se enfada alguien.

Un brillo de interés apareció en los ojos del niño.

—¿Qué cosas hacías tú?

—Mira, en mi clase había un abusón —recordó ella—. Hacía que todo el mundo fuera desdichado. Un día me senté detrás de él y le llené el pelo de pegamento —se rió ella—. No se quitaba lavándoselo. Tuvo que raparse la cabeza. Naturalmente, sus padres fueron a quejarse a los míos y tuve problemas. Pero mereció la pena. Hay que ver la de cosas divertidas que se pueden hacer con pegamento.

David no contestó, pero a ella le satisfizo notar que parecía más alegre. Cuando le pidió que le enseñara el jardín, se puso en pie de un salto. David era todo un erudito para su edad y le habló del jardín de una manera que le hizo abrigar esperanzas.

Pero el buen humor de Melanie no iba a durar mucho. Después de comer, tuvo que volver a su casa a recoger una bolsa que había dejado olvidada. Brenda estuvo de acuerdo en ocuparse de David y llevárselo de compras. Al niño pareció encantarle, lo que dejó perpleja a Melanie. Era raro que ir de compras fuera una actividad atractiva para un niño tan pequeño.

Cuando volvió, encontró una nota que la conminaba a presentarse ante Giles de inmediato. En su despacho, él le lanzó una mirada furibunda.

—Sólo lleva un día aquí y ya le ha enseñado a David nuevas maneras de hacernos la vida imposible.

—¿Cómo dice? —preguntó ella, parpadeando y sin entender nada.

—¿No ha sido usted la que le ha contado las jugarretas tan divertidas que se pueden hacer con pegamento?

—¡Oh, cielos! ¿Qué ha hecho?

—Pregúntele a Brenda.

—No le habrá echado pegamento en el pelo, ¿verdad? —preguntó ella horrorizada.

—En el pelo no, en el monedero. Fue a pagar la cuenta y encontró el monedero convertido en un bloque sólido.

Melanie abrió la boca y después se mordió los labios.

—Ha estado mal, por supuesto —dijo apenas conteniendo la risa—. Eso no se hace.

—Entonces, puede ir a decírselo usted misma.

—Estoy segura de que usted ya se lo ha dicho.

—Pero necesita oírselo decir a usted, ya que parece ser la cómplice de su crimen —dijo Giles sombrío.

—¡David!

Melanie lo vio al salir, asomándose al pasillo y lo llamó. El niño se acercó sin quitarle los ojos de encima, como si esperara que estallara la tormenta.

—Ven aquí, bribón —dijo ella alegremente—. Mira en el lío en que me has metido.

—Pero dijiste que...

—Yo se lo hice a un chico de mi clase que le pegaba a los demás. Era un objetivo justo. Brenda, no. No ha estado bien que le compliques la vida todo este tiempo. Ven, vamos a decirle que lo sientes.

—Pero no lo siento —dijo el niño inocentemente.

—Pues haz como si lo sintieras —repuso ella, acompañándolo con una mano sobre el hombro.

Brenda les recibió con frialdad, pero aceptó las disculpas a regañadientes de David asombrada.

—Y yo también le pido perdón —dijo Melanie antes de que el ama de llaves pudiera recuperarse—. Yo le metí la idea en la cabeza, pero esa no era mi intención. Tendré más cuidado en el futuro.

Cuando salieron de la cocina, se encontraron con Giles en el vestíbulo. Se estaba poniendo la chaqueta y Melanie vio sus maletas junto a la puerta.

—Sólo he venido a casa a por mis cosas. Tengo que tomar un vuelo a Nueva York y el avión sale dentro de dos horas. Es una suerte que usted estuviera aquí o habría tenido problemas para marcharme.

—¿Estará fuera mucho tiempo?

—No lo sé, pero así tendrá oportunidad de conocer a David. Le hago responsable —dijo antes de volverse hacia el niño—. Tengo que irme, hijo. Pórtate bien, ¿quieres? No le causes problemas a la señorita Haynes. Espero que ella me dé buenos informes de ti cuando vuelva.

«Al infierno con los buenos informes», pensó Melanie enfadada. «Dile que lo vas a echar mucho de menos».

David no habló. Se quedó junto a ella en silencio, pero cuando Giles fue a la puerta, echó a correr y se abrazó a su padre, escondiendo la cara contra él. Melanie se puso tensa, dispuesta a odiar con toda su alma si lo rechazaba. Pero, para su sorpresa, Haverill puso una rodilla en el suelo y abrazó a David.

—Oye, vamos. Que no será para mucho tiempo —dijo para consolarlo. David no le respondió pero le echó los brazos al cuello—. Venga, ya está, hijo.

Te prometo que volveré —añadió con un tono de voz que Melanie nunca le había escuchado.

Entonces rodeó a su hijo con ambos brazos, y apretó la cara contra el suave pelo rubio. Cuando se levantó, su voz sonó ronca, pero eso podía deberse a que el niño casi lo había estrangulado.

—Adiós —se apresuró a decir, dejando a Melanie preguntándose qué clase de hombre era en realidad.

Giles estuvo fuera una semana y fueron los días más felices que Melanie había conocido en mucho tiempo. Disfrutaba cada momento en compañía de David. Lo llevaba a la escuela y lo recogía, merendaba con él y lo metía en la cama. Era lo que había estado soñando durante años y al principio fue suficiente.

Era libre para entrar en su cuarto por las noches y verlo dormir, podía atesorar su alegría, como un avaro que acariciara el oro que había creído perdido para siempre. A menudo se había preguntado cómo sería el reencuentro, si su corazón seguiría reconociendo a su hijo.

Pero todo fue bien. El vínculo se mantenía, fuerte y verdadero, en su corazón, y junto con él fluía un amor tan fiero y protector como el amor que David había mamado con su leche. Cuando él no la miraba, Melanie le observaba en secreto, susurrando palabras maravilladas para sí.

—Mi hijo. Mi hijo.

Sin embargo, conforme pasaban los días, supo que no había logrado los progresos que ella deseaba. David le hablaba con educación, pero no le brindaba la confianza entusiasta que Melanie añoraba y presentía que todavía recelaba de ella. Seguía progresando poco a poco, siempre alerta para aprovechar la oportunidad que les hiciera intimar, pero esos momentos eran penosamente escasos y se demoraban en llegar.

Una mañana oyó que Brenda refunfuñaba en el cuarto de David.

—...y me parece que tengo mejores cosas que hacer que cambiar sábanas todas las mañanas.

—¿Qué pasa, Brenda? —preguntó Melanie, entrando.

—Mire, lo ha vuelto a hacer —dijo ella amargamente, mostrándole la mancha húmeda—. Ya es hora de que se contenga en vez de portarse como un bebé.

David tenía el rostro escarlata y a duras penas contenía las lágrimas. Melanie le puso una mano en el hombro.

—Anda, ve al jardín —dijo dulcemente—. Y no te preocupes. No es importante.

Cerró la puerta tras él y se enfrentó al ama de llaves.

—De ahora en adelante, si David tiene la desgracia de mojar las sábanas, me lo dirá a mí y a nadie más. No consentiré que le haga sentirse mal por eso.

Brenda puso las manos en la cintura, su rostro pesado estaba congestionado de rabia.

—Él no es el único que se siente mal. Soy yo la que tiene que lavar de más.

—Con la ayuda de una lavadora fantástica —replicó Melanie de mal carácter—. Si meter unas pocas sábanas en una lavadora es demasiado trabajo para usted, yo lo haré. Lo importante es que no debe decirle nada al niño. ¿Lo comprende?

Pareció que Brenda quería discutir, pero se calló alarmada por el brillo feroz que había en los ojos de Melanie. No podía saber que se las estaba viendo con una tigresa defendiendo a su cachorro, sólo sabía que algo en aquella mirada la sofocaba. Con un bufido, salió a toda prisa de la habitación. Melanie fue a buscar a David al jardín.

—No te preocupes por Brenda. No volverá a molestarte.

—Yo no soy pequeño —dijo él.

—Pues claro que no.

—Pero papá dice que sí —insistió él al borde del llanto.

Melanie le puso una mano en el hombro.

—Tú deja que yo me encargue de tu papá.

El niño la miró con adoración. Y, entonces, una sonrisa de gratitud y de confianza iluminó su cara.

—Venga —le animó ella—. ¿Qué vamos a hacer hoy?

—Tengo un juego nuevo para el ordenador —dijo él, dándole la mano.

—¿A qué estás esperando? Enséñamelo.

Aquella noche sonó el teléfono. Melanie levantó el auricular de su habitación y se descubrió hablando con Giles.

—¿Va todo bien? —preguntó él—. ¿David se comporta como es debido?

—Perfectamente. Le encantará hablar con usted.

Melanie corrió a la otra puerta y llamó.

—Ya viene —dijo cuando volvió al teléfono.

—En realidad, si no se hubiera apresurado tanto, le habría dicho que yo sólo quería....

«Ya sé que no pretendías hablar con David», pensó ella furiosa. «Por eso lo he llamado antes de que pudieras evitarlo».

David apareció a la carrera.

—¿De verdad es papá?

—Claro. Ha llamado especialmente por ti —dijo Melanie, cuidándose de que Giles la oyera bien.

—Hola, papá.

Escuchando las respuestas de David, Melanie tuvo la impresión de que a Giles le costaba trabajo mantener un tono desenfadado. Parecía estar preguntándole a su hijo qué tal se portaba cuando habría debido contarle las ganas que tenía de volver a verlo. Pero la ilusión de David era conmovedora.

—Sí, papá. Seré bueno —dijo al final—. Adiós.

—Y ahora, de vuelta a la cama —le ordenó ella riendo.

Hizo falta tiempo para que se calmara otra vez. En su excitación, repitió todo lo que había hablado con su padre una docena de veces. Pero enseguida se acurrucó entre las sábanas y se quedó dormido. Melanie salió de puntillas del cuarto pero no pudo resistir la tentación de volver una hora más tarde. La luna que se colaba entre las cortinas iluminaba la cara del niño, revelando una sonrisa de felicidad y contento que ella nunca había visto.

Melanie se quedó mucho tiempo contemplando aquella sonrisa inocente, odiando a Giles Haverill con todo su corazón.

Los días laborables, cuando David estaba en la escuela, Melanie se dedicaba a explorar la casa. Había sido construida sesenta años antes por el primer Haverill que hizo fortuna y tenía un aire de inhóspita prosperidad. El diseño era espacioso pero no era acogedora y lo mejor de todo era el enorme jardín. Alguien había planificado aquel jardín con todo su amor, disponiendo los árboles y los setos de tal manera que las sorpresas y los cambios de perspectiva eran constantes.

En la planta baja, el gran piano la tentó. Estaba cerrado, pero después de buscar un poco encontró la llave colgada de un gancho tras la puerta del despacho. Volver a tocar era como reencontrarse con un viejo amigo. Se entretuvo tanto que casi llegó tarde para ir a por David a la escuela y hubo de darse prisa. Cuando le contó por qué se había entretenido, él se la quedó mirando.

—Papá tiene cerrado el piano. Ya no quiere que siga mis lecciones.

—¿Por qué?

David no contestó. En su cara volvió a instalarse la misma expresión rígida de desdicha que tenía la primera vez que ella lo había visto esperando a la directora.

—Fue por mi culpa —dijo al final.

Después de merendar, Melanie le pidió que tocara para ella. En cuanto puso los dedos sobre las teclas, se dio cuenta de que el niño tenía el mismo talento y seguridad que ella a su edad. Escuchando a su hijo expresarse a través de un don que compartía con ella, Melanie murmuró una oración de gracias.

—Tendrías que tocar en el concierto de la escuela.

—Iba a hacerlo, pero papá dijo que no. Dijo que si no iba bien con los estudios... El concierto es la semana que viene.

Melanie respiro hondo y contó hasta diez para no expresar la opinión que le merecía Haverill con palabras poco adecuadas para los oídos de un niño.

—A ver, toca otra vez. Lo haces muy bien.

David le sonrió, fue una sonrisa de deleite y maravilla al recibir una alabanza. Volvió a empezar. Mientras escuchaba, la mente de Melanie trabajaba a toda velocidad.

La tarde siguiente buscó a la señora Harris, la profesora de música, y encontró en ella una aliada.

—Giles Haverill... —masculló la señora Harris antes de poder controlarse—. Lo siento. Ya sé que es su jefe, pero...

—Por mí no se contenga. Tampoco me gusta. Pero me dejó a cargo de David y quisiera que tocara en el concierto. Con un poco de suerte, el señor Haverill no regresará hasta que haya terminado.

Cuando Melanie le dio la noticia, la alegría de David fue tan grande que le pareció que iba a echarle los brazos al cuello. Pero el momento pasó y el niño se retiró tras la barrera de cautela con la que se protegía.

Comenzó a ensayar la partitura con él. Nunca

tenía que repetirle dos veces la misma cosa. Fueron los mejores ratos que pasaron juntos. Tenía que hacer verdaderos esfuerzos para no acariciar la cabecita rubia que se inclinaba muy seria sobre el teclado. Incluso resultaba más difícil resistir las ganas de abrazarlo. Pero los años de sufrimiento le habían enseñado paciencia, aún debía esperar aquel abrazo.

—Inténtalo otra vez —dijo una noche—. Me encanta escucharte

David ejecutó la pieza con facilidad, sonriéndole cuando resolvió con maestría un pasaje particularmente difícil. Ella le devolvió la sonrisa. Allí estaban cuando llegó Giles.

—¿Qué es esto? —preguntó él con calma.

Los dos levantaron la vista rápidamente y Melanie notó que David se encogía y se acercaba más a ella. Sus labios formaron la palabra «papá», pero casi no le salía la voz del cuerpo.

Giles tenía el rostro muy pálido y la boca apretada en una expresión dura.

—¿No vas a saludarme, hijo?

David se bajó del taburete obedientemente y se acercó a Giles. Abrazó a su padre, pero a Melanie le dio la impresión que lo hacía cautelosamente. Giles también se dio cuenta e hizo un esfuerzo para aguantar el dolor. Cuando se levantó, tenía una expresión sombría en el rostro.

—¿Quién ha abierto el piano?

—He sido yo —dijo Melanie—. Necesito hablar con usted. Iré a su estudio cuando haya acostado a David. No te preocupes. Todo saldrá bien. Te lo prometo —alcanzó a oír Giles antes de que salieran del salón.

Había una nota de protección en la voz de aquella mujer. Estaba protegiendo a David de su propio padre. En su despacho, se sirvió un buen trago de brandy y la esperó. No le entusiasmaba el modo en que ella había tomado la iniciativa. No le gustaba aquella mujer. Al aparecer, su expresión no mostraba la inquietud que él estaba acostumbrado a ver en sus subordinados cuando los convocaba para recibir sus críticas.

—¿Qué demonios se cree que está haciendo? —preguntó—. ¡Cómo se atreve a animarle a que me desafíe!

—¡Y cómo tiene usted el valor de romperle el corazón a ese niño negándole uno de los pocos consuelos que le quedan! —replicó ella—. ¿Cómo puede ser tan cruel, tan insensible?

—Tengo buenas razones para hacer lo que...

—No hay razón que justifique hacerle daño a un niño de ocho años —dijo ella con firmeza.

Haverill se detuvo para tomar aliento, pero antes de que pudiera descargar contra ella toda su rabia y su amargura, se vio invadido por el cansancio. Se dejó caer en el sillón y cerró los ojos. Las palabras que salieron de sus labios no fueron las que él hubiera querido pronunciar.

—Llevo cuarenta y ocho horas sin dormir —dijo mientras hacía un esfuerzo por recobrarse—. No sé lo que David le habrá contado....

—La verdad. Es un chico muy sincero. Me dijo que usted había suspendido sus clases de música porque se había retrasado con los estudios. Naturalmente, se culpa a sí mismo.

—¿Por qué dice que naturalmente?

—Porque se echa la culpa de todo lo que pasa. ¿Es que no se ha dado cuenta?

Giles sacudió la cabeza. Anhelaba poder cerrar los ojos y descansar.

—También me dijo que le había castigado a no participar en el concierto. Me quedé asombrada. Creía que pretendía estimular su confianza. El concierto supone para él una hora de felicidad que le ayudaría a superar las desgracias del año pasado.

—Ya veo. ¿Y qué ha hecho usted, señorita Haynes? Porque estoy completamente seguro de que ha hecho algo.

—He hablado con la profesora de música para que

31

volviera a darle cabida en el concierto. Está tan contento que lleva dos noches sin mojar la cama, lo cual le ha hecho aún más feliz. Pero, por supuesto, usted siempre puede subir a su cuarto y decirle que se acabó todo.

Giles le lanzó una mirada astuta.

—Es usted muy lista.

—¿Va a hacerlo? Me refiero a romperle el corazón.

—¡De todas las preguntas malintencionadas...! —estalló él—. Escuche, si permito que participe en el concierto, usted tendrá que dejar de animarle a que me desafíe. Tenemos que establecer algunas normas básicas y debe usted acatarlas. Me alegro de que se lleven tan bien, pero es mi hijo, no el suyo. ¿Está bien claro?

—Perfectamente claro —dijo ella con voz apagada.

—Muy bien. Ahora que lo hemos aclarado, puede participar en el concierto.

—¿Va a ir usted?

—¿Qué?

—Es una pena que no podamos decirle que ha adelantado su vuelta a propósito para verlo, pero ya es un poco tarde para eso. No importa, todavía podemos arreglarlo.

—Estupendo —dijo él sarcásticamente. Sin embargo, se dio cuenta de que Melanie no captaba la ironía—. Ni pensarlo. Ya llevo demasiado retraso en mi agenda debido al viaje. No puedo tomarme una tarde libre. ¿De verdad le voy a arruinar la vida si no asisto a un concierto escolar?

—Se la arruinará como no empiece a demostrarle que él es lo más importante para usted.

—Lo hago todos los días...

—No con gestos que él pueda entender. Tiene ocho años. No le importa que usted salga de viaje a construir un gran imperio comercial, pero sí le importa que se tome sus grandes momentos como si de verdad significaran algo. ¿Ha ido alguna vez a un concierto de la escuela?

—¡Por el amor de Dios! No creo que mis padres fueran alguna vez a una función escolar mía. Tampoco me ha hecho daño.

Melanie le miró fijamente.

—Bueno, usted lo sabrá mejor que nadie.

Giles respiró hondo.

—¿Cuál es la fecha exacta? Estoy demasiado cansado como para pensar.

Melanie se lo dijo, cruzando los dedos para que se produjera el milagro, pero no funcionó.

—Lo siento —dijo él—. Tengo un banquete esa noche. Es la razón por la que he venido, tengo que hacer un discurso. Habrá presentes ministros del gobierno. ¡Demonios! ¿Es que no puede entenderlo? —gritó irritado.

—Por supuesto. Lo comprendo perfectamente. Y David también. Buenas noches, señor Haverill.

Cuando ella se hubo marchado, Giles se quedó mirando al infinito, preso de emociones turbulentas. La imágenes bailoteaban ante sus ojos, David sentado al piano con la cabeza cerca de aquella mujer, intercambiando sonrisas con ella. Su encogimiento al ver a su padre. Había sido un error contratarla, lo había sabido desde el primer momento. Ella había estado allí, bajo la luz de la ventana que bañaba el rostro encantador, los ojos misteriosos y él se había alarmado. No sabía por qué debía sentir miedo de esa mujer que parecía tan compenetrada con David. Al fin y al cabo, eso era lo que él buscaba al contratarla. Pero Giles tenía el presentimiento de haber liberado un genio que escapaba a su control. Y esa misma noche, al ver que David buscaba refugio en ella frente a su propio padre, había sabido que, mediante algún proceso misterioso, le estaba robando a su hijo.

Se pasó una mano por los ojos y deseó que no le doliera tanto la cabeza.

Capítulo Tres

La tarde del concierto, Giles buscó a Melanie.

—He estado pensando mucho en lo que me dijo sobre que David necesitaba que sus padres asistieran a su actuación para apoyarlo.

—¿Sí? —preguntó ella esperanzada.

—He llamado a Zena esta mañana para ver si ella podía ir. Pero sólo he conseguido hablar con el contestador. Por lo visto, van a pasar unos cuantos días fuera.

—En fin. Parece que David tendrá que conformarse solamente conmigo.

—Sólo quería que supiera que lo he intentado —se justificó él, unas palabras que sonaban a hueco aun para sus propios oídos.

Hasta el último minuto, Melanie mantuvo la esperanza de que Giles cambiara de opinión. Sin embargo, cuando lo vio bajar las escaleras con frac y corbata blanca, supo que no se había vestido así para el concierto.

También David estaba listo para marcharse. Giles puso una mano sobre el hombro de su hijo.

—Buena suerte. Haz que me sienta orgulloso de ti.

—Sí, papá.

La voz del niño era inexpresiva, la máscara se había vuelto a adueñar de su rostro. Melanie le lanzó una mirada furiosa, pero Giles ya se había dado la vuelta y no la vio. Hubiera querido gritarle que cómo iba a sentirse orgulloso si no estaba allí para aplaudirle.

Entonces se lo pensó mejor. Tendría el gran momento de David para ella sola, libre de la intrusión de Haverill. Como madre, ¿qué más podía desear?

Sin embargo, no era suficiente. Ella no era la madre que David quería. Giles podía ser descuidado, autoritario e insensible, pero su hijito lo adoraba y vivía pendiente de una alabanza suya. Y ella, que amaba a David más que a nada en la vida, sólo quería su felicidad.

En el auditorio de la escuela, se aseguró de conseguir un asiendo donde David pudiera verla y fue la primera en aplaudir cuando él apareció. Melanie contuvo el aliento mientras él tocaba las notas de apertura. Después, se fue relajando poco a poco al darse cuenta de que todo salía perfectamente. David tocaba con confianza, sin equivocarse una sola vez y, al final, el aplauso fue algo más que una mera cortesía.

—Así se hace —le felicitó cuando se encontraron—. Has tocado como nunca.

—¿Crees que papá estará orgulloso de mí? —preguntó él ansiosamente.

—Claro que sí. Voy a contarle que has estado espléndido.

En casa, le dio de cenar a base de leche y emparedados y lo metió en la cama. David se acurrucó y prometió dormirse, pero cuando ella subió más tarde, oyó ruido en su habitación. Escuchó un momento antes de abrir la puerta una rendija para mirar. David tenía encendido un pequeño aparato de televisión.

—No deberías estar viendo la tele a estas horas —dijo ella.

—Pero si es papá —suplicó él—. Fíjate.

Melanie miró a la pantalla dónde un locutor hablaba.

—... que esta noche ha hecho un discurso dedicado a la élite industrial en el que declaraba...

Y allí estaba Haverill, hablando desde la mesa presidencial a un salón lleno de hombres vestidos exactamente igual, con corbatas blancas y frac. David tenía los ojos clavados en la televisión.

—¡Ese es papá! —exclamó.

Desde luego, era Giles, tranquilo, hablando sin estridencias. Mirándole, Melanie se dio cuenta de lo atractivo que era. Giles hizo un chiste y sus dientes blancos relumbraron sobre su piel morena. Estaba en la flor de la vida, seguro de sí mismo, dominando su propio mundo. Pero nada de eso le valía al niño que tenía que verlo por la televisión. Cuando terminó el programa, ella lo convenció para que se acostara.

—Mañana hablaremos de lo que vamos a hacer durante tus vacaciones. ¿Sabes si tu padre tiene pensado llevarte a algún sitio?

—No sé —contestó él encogiéndose de hombros.

—¿Y tu madre? —preguntó ella conteniendo la respiración.

David la miró sin pestañear.

—Mi madre está muerta.

Melanie dejó escapar el aliento lentamente. Se dio cuenta de que se había metido en un campo minado. ¿Quién le había dicho al chico que Zena estaba muerta y por qué Haverill no le había prevenido?

—Bueno...

—Mi madre está muerta —repitió David—. Si no lo estuviera, yo viviría con ella.

—Comprendo. Sí, claro. ¿Tienes una foto suya por algún sitio?

—No. Está muerta. Está muerta.

—Buenas noches —le dijo con dulzura.

Melanie fue a su habitación y se puso a pensar. Decidió esperar despierta a que Haverill regresara porque necesitaba hablar con él urgentemente. Para pasar el tiempo, encendió la tele y puso un noticiario en el que dieron una breve reseña del discurso de Haverill así como un resumen general acerca de su trayectoria.

»Haverill & Hijo siempre ha sido una firma familiar —declaró el presentador—. Pero, bajo la batuta de Giles Haverill, se ha convertido en uno de los mayores operadores en el ámbito de...

Melanie apenas oía las palabras. Estudiaba a Giles tal como había sido unos años antes, los rasgos de su rostro ya eran firmes, su mirada segura, como si no importara otra cosa que conseguir sus propósitos. A veces, aparecía acompañado de una mujer en la que Melanie reconoció a Zena, pero, sobre todo, lo mostraban presidiendo congresos y viajando en avión, concentrado en la pantalla de un ordenador portátil.

»... un financiero implacable, como más de un rival suyo puede atestiguar, orgulloso de la firma que heredó y decidido a duplicar su tamaño y su influencia...»

—Y a criar a su hijo para que haga lo mismo —rezongó Melanie—. Pobre criatura.

Miró furiosa al rostro que aparecía en las noticias, la cara de un conquistador, de un hombre ambicioso, tan orgulloso de su herencia que educaba a un niño desde su nacimiento para que se acoplara a ella.

—Y fui yo la que lo puso en tus manos. ¡Que Dios me perdone!

Con el transcurso de las horas comenzó a quedarse dormida. Para mantenerse despierta, salió al vestíbulo y se sentó en las escaleras. Eran las dos de la mañana cuando el sonido de la puerta la despertó.

—¿Señorita Haynes? ¿Qué está haciendo ahí?

Melanie bostezó y se levantó entumecida.

—Quería asegurarme de hablar con usted, señor Haverill. Es importante.

—¿No puede esperar a mañana?

—No, no puedo. Necesito aclarar las cosas antes de que vea a David otra vez.

—Mire, pagaré lo que haya destrozado, sea lo que sea.

—David no ha hecho nada. ¿Podemos hablar en algún sitio más privado?

—De acuerdo, pasemos al salón —dijo él abriendo la puerta—. ¿De qué se trata?

—Usted me dijo que la madre de David les había abandonado. ¿Es cierto?

—Pues claro que.... —Haverill la miró con los párpados entornados—. ¿Le ha dicho David que había muerto?

—Sí

—Creí que ya lo había superado. Fue una etapa que atravesó justo después de que ella se fuera.

—¿Sabe su hijo que ella vive?

—Naturalmente que lo sabe. Ha ido a verla.

—Entonces, ¿ella todavía tiene interés por el niño?

—Muy poco. Lo invitó sólo ante mi insistencia y no resultó un éxito. Pero eso no es excusa para que él mienta sobre su madre.

—No está mintiendo, está fantaseando.

—¿Y dónde está la diferencia?

Melanie se lo quedó mirando un rato pensativa.

—¿Ha sufrido alguna operación? —preguntó al fin.

—¿Pero qué...? Está bien, sí. Me extirparon la apéndice hace algunos años.

—¿Le anestesiaron?—¿Y por qué? Porque el dolor hubiera sido demasiado intenso como para soportarlo sin ayuda. Pues bien, ésa es la situación de David. ¿Puede imaginarse el dolor de ser abandonado por la única persona en el mundo que se suponía debía ponerlo por encima de todo lo demás?

—Tiene un padre...

—Los padres no son lo mismo. Es su madre la que tiene que estar con él, escucharlo, defenderlo...

Melanie se detuvo bruscamente porque una súbita oleada de emoción amenazaba con sofocarla.

—¿Qué le pasa? —preguntó Haverill.

—No es nada.

Le dio la espalda y se secó los ojos rápidamente.

—Entonces, ¿por qué llora?

—No estoy llorando —dijo ella firmemente.

—Sí, está llorando.

Haverill la sujetó por los hombros y la obligó a darse la vuelta para poder mirarla de cerca a la cara.

—¿Qué ocurre? Hace un momento me chillaba con su mejor estilo y al ahora parece que vaya a derrumbarse. ¿Qué le pasa?

Su voz tenía una ternura que ella no había oído antes y cuando le miró a los ojos descubrió que la miraban con amabilidad. Un temblor de aprensión le recorrió el cuerpo. No podía permitir que Haverill llegara a imaginar cuál era la fuente de la pena que la consumía al pensar en los años perdidos en los que no había podido mimar y defender a David o escuchar sus confidencias infantiles.

—Se ha hecho muy tarde y me encuentro cansada —dijo ella—. Lo importante es el niño. Es un dolor superior al que puede soportar. Por eso se convence de que su madre está muerta, porque de ese modo ella no lo ha abandonado.

—¿Se refiere a que ésa es su anestesia?

—Exacto. Pero, al mismo tiempo, parte de él sabe que ella lo ha rechazado y cree que es su culpa. Me dijo que era malo. Según lo ve él, ha tenido que ser un malvado para que su madre lo haya abandonado sin miramientos.

—¡Mentira! ¡Ella no me abandonó!

Ninguno de los dos se había dado cuenta de que

David estaba en la puerta hasta que su grito les alertó. En un instante, se plantó delante de Melanie.

—¡Mi mamá está muerta! —gritó—. No me abandonó. Ella no.

—David... —empezó Giles con voz dura, pero el niño no podía oírlo.

—¡Está muerta! —chilló—. ¡Muerta, muerta, muerta!

David empezó a pegarle, debatiéndose fuera de sí. Melanie actuó con rapidez, abrazó al niño y lo estrechó contra sí con fuerza.

—¡Muerta, muerta, muerta! —lloró David desconsolado—. Si no estuviera muerta... estaría aquí.. y... y hubiera venido al concierto para aplaudirme, para aplaudirme. Está muerta, de verdad.

Los ojos pasmados de los dos adultos se encontraron por encima de la cabeza del niño. Melanie intentó tranquilizarlo con murmullos de cariño, pero David no podía oírla.

—Quiero a mi mamá —sollozó—. Quiero a mi mamá.

Se abrazó fuertemente al cuello de Melanie. Ella apoyó la cara contra su pelo rubio y sintió cómo sus propias lágrimas fluían. Al rato, salió del salón con el niño en brazos. Giles les siguió hasta el cuarto de David. Les abrió la puerta, pero Melanie le ordenó con un gesto que no pasara, que lo dejara en sus manos. Mientras entraba en la habitación, vio la cara de Haverill. Tenía una expresión desencajada por la angustia, pero a penas se dío cuenta. Lo prioritario era la necesidad que sentía de consolar a David.

Giles esperó mucho tiempo al otro lado de aquella puerta. Podía oír los sollozos de su hijo, intercalados con los murmullos tranquilizadores de Melanie. Al final, se decidió a abrir una rendija. En la oscuridad sólo podía distinguir las dos siluetas sobre la cama. El niño se abrazaba al cuello de la mujer mientras lloraba sobre su hombro. La mujer tenía la cabeza inclinada sobre él, en un gesto intemporal de consuelo y protección. Giles cerró. Sentía un dolor en el corazón que no acertaba a explicar.

Melanie sólo se dio cuenta vagamente de que la puerta se abría y volvía a cerrarse. Toda su atención estaba concentrada en el niño que sostenía entre los brazos. Mientras musitaba palabras de cariño y ternura, mecía a David, consolándolo inconscientemente con el ritmo de la cuna. Se estaba quedando dormido, pero de vez en cuando llamaba a su mamá.

Cuando se hizo el silencio, notó que se había quedado durmiendo entre sus brazos.

—¿David? —dijo en voz baja—. ¿David?

No hubo respuesta y ella comenzó a acariciarle el pelo.

—Ya está, cariñito. Estoy yo aquí —susurró—. Estoy aquí y voy a quedarme contigo. Ya verás como todo se arregla.

El calor del cuerpo de su hijo era de una dulzura casi insoportable. Ella, que tanto había anhelado tenerle entre los brazos, se aferraba a él con avaricia. Era suyo y nunca más se separaría de él.

Su hijo se movió murmurando algo incomprensible.

—Calla, mi niño —susurró, abrazándolo más fuerte—. Mamá está aquí.

Melanie se quedó mucho tiempo con David, a veces dormitaba, pero casi siempre lo observaba. Lo dejó cuando empezaba a amanecer y se fue a la cama, pero no pudo conciliar el sueño y tuvo que ir a verlo de nuevo. Dormía profundamente. En vez de volverse a su cama, algo la impulsó a salir al jardín.

El sol estaba saliendo en aquel momento, ahuyentando los grises de la alborada, descubriendo los colores de las flores. El azul le parecía más azul y el verde más nuevo, como si acabaran de crearlos.

Y el gorjeo de los pájaros, ¡qué melodías cantaban! Todo había estado allí durante los últimos ocho años, pero ella no había podido ver ni oír porque estaba ciega, sorda y muerta a todo sentimiento. La reunión con su hijo y la necesidad que había tenido de ella habían conseguido que su alma sanara, dándole vida a sus sentidos, permitiendo que el mundo volviera a alcanzarla.

Todavía hacía frío y ella sólo llevaba un camisón y una bata, pero quería quedarse allí, embebida en el redescubrimiento de la belleza y de la tierra. Se quitó las zapatillas con una sacudida de las piernas y caminó descalza sobre la hierba húmeda de rocío. Era una sensación maravillosa.

Oyó el burbujeo de una corriente un poco más allá, corriendo entre las piedras. Avanzó un poco y encontró un emparrado rodeado de árboles por el que cruzaba la corriente. Era un rincón encantado, donde un soñador podía sentarse horas a meditar. O podía ser un refugio al que escapar de los problemas del mundo. Desde luego, parecía que no era la única en pensarlo porque allí, sentado sobre un tronco, estaba Giles. Melanie estaba a punto de retirarse en silencio cuando algo en él le llamó la atención.

Giles estaba contemplando un objeto que sostenía entre las manos. Cuando le dio la vuelta, Melanie vio asombrada algo que jamás habría esperado descubrir entre las manos de un hombre tan eficiente e implacable. Increíblemente, era un oso de peluche, un oso bastante viejo al que le faltaba un ojo, como si algún niño lo hubiera querido hasta hacerlo pedazos. Giles tenía una expresión tan triste que Melanie contuvo el aliento mientras se preguntaba qué sería aquel dolor que sentía en el pecho. Lo había sentido antes, pero sólo por David. Aquel hombre le había parecido frío y despiadado, un hombre que no podía tener sentimientos dignos de llamarse así. Pero el dolor era inconfundible y exigía una respuesta de su corazón recién resucitado.

Haverill pareció intuir su presencia y levantó la cabeza.

—¿Está bien David?

—Sí, se ha dormido.

—Vas a pescar una pulmonía —dijo él mirándole los pies—. Siéntate aquí y sécate.

Haverill se sacó un pañuelo del bolsillo y se lo dio. No había demasiado espacio sobre el tronco y Melanie se tuvo que apretar contra él para poder secar el rocío de sus pies.

—Se siente uno bien al caminar descalzo sobre la hierba húmeda, ¿verdad? —dijo él—. Yo lo hacía cuando era pequeño. Vivíamos en esta misma casa. Cuando las cosas iban mal, venía aquí. Es un sitio mágico para mí.

—No me extraña —murmuró ella mirando a su alrededor.

Se le hacía extraño pensar en el dominante y seguro señor Haverill yendo a aquel rincón en busca de consuelo. Obviamente no se había sentido tan seguro de sí mismo entonces. Había sido un niño muy parecido a David.

Como si hubiera oído sus pensamientos, Giles levantó el oso y trató en vano de enderezar una de sus orejas.

—Esto era de David. Fue lo primero que le regalé cuando todavía era un bebé. Incluso era demasiado grande para él, pero quería que tuviera inmediatamente algo mío. David era tan pequeñito y tan perfecto... Tenía mis dudas respecto a la adopción. Yo quería un hijo mío, pero Zena no podía tenerlo, de modo que era la única alternativa. No estaba seguro de poder amar a un niño que no fuera de mi sangre, pero cuando vi a David... Fue amor a primera vista.

Su voz había enronquecido. Giles se calló y se echó a reír tímidamente.

—Parece sentimental, pero si hubieras visto cómo era de pequeño...

—Debe haber sido un encanto —dijo ella tratando de disimular la emoción.

—Y que lo digas. Se te quedaba mirando muy serio y sin pestañear. Luego, de pronto, sonreía de oreja a oreja y te dejaba sin aliento. Era... No sé cómo explicarlo.

—No tienes que hacerlo.

—Simplemente, fue lo más maravilloso que me ha pasado nunca. Cuando se ha visto esa sonrisa...

Melanie apretó los puños, preguntándose cuánto tiempo más podría soportar aquello.

—A la mayoría de los hombres no les gustan los niños —se obligó a decir.

—Yo no me consideraba un amante de los niños en aquella época pero, cuando lo vi tan pequeño e indefenso, necesitado de amor y de un hogar... Bueno, fue mi hijo desde el primer momento. Entonces salí y le compré un oso de peluche. Después tuve que irme al extranjero y lo dejé aquí con Zena. Tenía seis meses cuando volví a verlo. Había cambiado mucho, siempre pasa lo mismo a esa edad.

—Sí —susurró ella.

—Pero, ¿sabes? En realidad, nada había cambiado. Tenía un aspecto diferente, pero seguía siendo mi David. Es un misterio maravilloso cómo el amor puede enfrentarse al tiempo y a la distancia y continuar más fuerte que nunca.

—Lo sé.

—Cuando fue lo bastante mayor para que le dejáramos el oso, lo llevaba con él a todas horas, por la noche, durante el día, siempre. Se dormía abrazado a él. A veces, iba a verlo por la noche y estaba con la carita apoyada sobre el peluche, con una expresión de felicidad completa.

Giles suspiró hondamente.

—David también me quería en aquella época. Corría a abrazarme y no me daba la espalda, como ahora. ¿Por qué? ¿Qué ha salido mal?

Melanie guardó silencio, sabía que Giles todavía no estaba preparado para oír lo que había salido mal.

—Seguramente no lo imaginabas, pero cuando llamé desde los Estados Unidos aquella noche, no pensaba hablar con él.

Giles se volvió y la vio sonriéndole.

—Sí, claro. Lo habías imaginado. Fue una maniobra tuya para que hablara con David, ¿verdad?

—Le encantó tu llamada.

—Sí. Fíjate, nunca lo había pensado. No me di cuenta lo mucho que yo debí significar para él cuando Zena se marchó. Anoche, cuando te lo llevaste a la cama, me asomé un momento. Tu lo tenías en brazos y hacíais una pareja perfecta. Me alegro de haberte contratado. Ayer no estaba seguro, pero hoy sí.

Giles titubeó un momento. Melanie presintió que luchaba contra unas palabras que le costaba mucho pronunciar.

—Debería haber ido al concierto. Lo lamento.

—Te hubieras sentido muy orgulloso de él. No cometió el más mínimo error.

—¡Ese es mi chico! Estaba equivocado en todo, ¿no? Nunca lo he comprendido.

—Mientras lo entiendas ahora...

—Pero el problema es que sigo sin entender a mi hijo. Lo único que puedo hacer es recurrir a ti. Desde el primer momento, has sabido lo que decir y cómo actuar. Es extraño, como si un hilo invisible os conectara.

Melanie se puso tensa, Haverill había llegado demasiado cerca de su secreto. Pero no había otra cosa que amistad en su sonrisa y Melanie sintió que su corazón daba un vuelco.

—Tampoco es tan raro. Sólo lo quiero y él lo sabe.

—Pero yo también lo quiero. ¿Porque no podemos...? ¡Oh! No sé lo que quiero decir. Supongo que tiene más necesidad de una madre que de un padre. Por supuesto, tenías razón respecto a que se sentía abandonado por su madre. Y lo peor de todo es que su madre natural también lo abandonó y él lo sabe.

—¿Es eso lo que le has contado? —preguntó ella estupefacta—. ¿Que su madre natural lo abandonó?

—No he tenido que decírselo, ya te he dicho que él lo sabe. En cuanto supo que era adoptado, preguntó por qué su madre se había deshecho de él. Naturalmente, intentamos suavizarlo, pero la cruda realidad es que a ella no le importaba.

—Eso no puedes saberlo. Quizá ella quería quedárselo.

—¿Y por qué no lo hizo? Es bastante fácil con todas las ayudas que da el gobierno. Las madres solteras ya no tienen que entregar a sus hijos en adopción, a menos que lo deseen.

Melanie abrió la boca para rebelarse ante aquella afirmación tan fanática e intolerante, pero se obligó a callar. Se jugaba demasiado como para ponerlo en peligro por un arrebato de temperamento.

—Juzgas con demasiada facilidad. Quizá cometas una injusticia con esa madre.

—¿Una mujer que es capaz de abandonar a su hijo? —dijo él mordazmente—. ¿Cómo puedes cometer una injusticia con alguien así? Debe tener un corazón de piedra.

—Pero no sabes nada de ella. Quizá fuera joven y estuviera desorientada. Quizá pensara que estaba haciendo lo mejor para el niño. Quizá le rompió el corazón.

—Tonterías —dijo él con impaciencia—. Zena llegó

a conocerla. Le preguntó por qué había entregado a su hijo y, ¿sabes lo que le contestó? Que quería tocar en una banda de rock y el niño le molestaba. ¿Cómo puede caer tan bajo un ser humano?

Melanie dejó escapar el aliento lentamente. Aquella nueva revelación le hacía hervir la sangre. Perfecto, Zena le había hablado a Giles de su visita, no sin cuidarse de tergiversar la historia para dejar a Melanie en el peor lugar posible.

—Tú me has hecho comprender que ella fue el comienzo de todos los problemas de David —dijo Giles—. Primero lo abandonó, mucho antes que Zena, por eso piensa que es malo, porque dos madres lo han abandonado. ¡Dios mío! Si pudiera echarme a la cara a esa mujer para hacer que se diera cuenta del daño que ha causado con su egoísmo despiadado...

—¡Basta! —chilló ella desesperada—. No debes hablar así... Si David te oye será peor, ni siquiera debe imaginar que lo piensas...

—Lo siento. Vigilaré mi lengua en el futuro. Vamos, no te enfades —dijo mientras le pasaba un brazo sobre los hombros. Giles sintió que ella estaba temblando—. Te verdad quieres a David, ¿no? —preguntó asombrado.

—Sí —dijo ella, luchando por recobrar la compostura—. Es un niño muy triste y necesita desesperadamente que lo quieran.

—No deberías tomarte las cosas tan a pecho —bromeó Giles.

—Sí... Me he portado como una tonta. Lo sé.

Giles le alzó la barbilla para estudiar su cara, preguntándose el por qué de la expresión acongojada que había aparecido repentinamente en ella y de la huella de lágrimas que había en sus ojos. Se las secó con una caricia delicada, sin darse cuenta de lo que hacía.

—No puedes echarte sobre los hombros todos los

problemas del mundo. Yo... Nosotros.... David te necesita por entero para él.

A Melanie, de pronto, le faltaba el aire. Era muy consciente de la proximidad de su cuerpo, del tacto de sus dedos y del roce cálido de su aliento en la cara.

—¿Te encuentras bien? —preguntó él.

—Sí, es que no he dormido demasiado y... necesito desayunar.

—Sí, claro. Supongo que deberíamos ir a casa.

Mientras subían las escaleras, David salió de su habitación. Fue derecho a Melanie y habló con una voz decidida que demostraba que se había preparado para aquel momento.

—Te dije una mentira, mamá no está muerta. Se fue porque yo soy malo.

Giles le puso una mano en el hombro.

—Tú no eres malo, hijo mío. No fue culpa tuya.

Cuando no encontró respuesta en los ojos del niño, se lo repitió.

—Tú no eres malo.

—¿Crees que si soy muy, pero que muy bueno, volverá mamá?

—No —contestó Giles con voz ahogada—. Mamá no va a volver y... y no es por tu culpa. De ahora en adelante, nos cuidaremos entre nosotros, tú, yo... y Melanie.

David miraba a Melanie fijamente. Al cabo de un momento le tomó la mano y se la apretó suavemente. Había aceptación en aquel gesto, la aceptación de que Zena se había marchado para siempre y quizá la aceptación de la propia Melanie. No podía estar segura, tenía los ojos llenos de lágrimas.

Fue Giles quien primero se recobró.

—Siento no haber podido ir al concierto de anoche, David. ¿Por qué no me das uno ahora? Así no me lo habré perdido.

Giles vio la alegría que provocaba en Melanie,

pero en los ojos de su hijo sólo había duda y confusión.

—¿Quieres decir que toque el piano para ti, papá?

—Eso mismo. Me gustaría escuchar lo que tocaste anoche delante del público. Ven abajo y dame una serenata.

Al igual que Melanie, Giles reconoció el talento del niño al escucharlo, pero aquel descubrimiento no le proporcionó ningún placer. Era su hijo y de nadie más, pero los ecos de una madre que lo había abandonado para tocar en una banda de rock sonaban demasiado cerca. Le habría gustado desterrar a aquella mujer y su influencia de la vida de su hijo, ofreciéndole a cambio un futuro maravilloso a la cabeza de una gran empresa. Sin embargo él, que se enorgullecía de ser inflexible en sus principios, había cedido en aquel punto. Bien, hasta ahí habían llegado. Después de aquel día, el piano volvería a estar cerrado.

Entonces miró a David cuyos ojos brillaban con una luz interna que bien podía ser felicidad. Sintió que un cuchillo se le clavaba en el pecho y, de repente, se quedó estupefacto ante su propia insensibilidad.

Cuando la música terminó, se sentó junto a David en el taburete y le pasó el brazo por los hombros.

—Muy bien, hijo. Tu profesora de piano puede estar satisfecha. La llamaré hoy mismo.

Sin embargo, obtuvo su recompensa. David se le echó a cuello, mudo de alegría. Giles le devolvió el abrazo y entonces alzó la mirada para buscar los ojos de Melanie.

«Estoy buscando su aprobación», pensó asombrado. «Lo mismo que David». Pero no podía evitarlo.

Capítulo Cuatro

La semana siguiente se vio animada por la batalla final con Brenda. Cada vez más resentida por la creciente influencia de Melanie en la casa, tomó la costumbre de mostrarse con ella todo lo grosera que se atrevía. Melanie soportó la insolencia hasta que se convirtió en maltrato para David. En aquel momento, descubrió en sí misma una vena autocrática que desconocía poseer y despidió a Brenda sin pensárselo dos veces.

—No puede despedirme —insistió el ama de llaves—. Sólo el señor Haverill puede hacerlo. Ya le diré yo cómo es usted verdaderamente.

—Inténtelo —replicó Melanie.

Giles, que había vuelto a tiempo de oír la mayor parte de la refriega, la apoyó y, antes de una hora, Brenda se había ido con tres meses de sueldo en concepto de indemnización.

—¿Y bien? ¿Cómo eres verdaderamente? —preguntó él sonriendo.

—No estoy segura —respondió Melanie un tanto perpleja—. Ni siquiera sabía que era capaz de actuar así.

—Yo tampoco. Y pensar que te has atrevido a tacharme de autoritario.

Los dos rieron. Entonces, David bajó corriendo las escaleras para saludar a su padre y el momento pasó.

Melanie se entrevistó con un par de mujeres para que se encargaran de la cocina y de la limpieza. No contrató a ninguna sin el visto bueno de David. Una de ellas, la señora Wade, admitió nerviosa que a veces tendría que ir con su hija Sylvia. Sylvia resultó ser una pícara niña de siete años que no tardó en desafiar a David a ver quién sacaba más la lengua. Oyendo sus gritos de alegría, Melanie contrató a la señora Wade sin dilación.

Como sólo trabajaba media jornada no se quedaba a dormir. Cuando David se iba a la cama, Melanie tenía la casa para ella sola hasta que Giles volvía. Una noche, al regresar tarde, la encontró hecha un ovillo en el sofá. Melanie había estado viendo la televisión y se había quedado dormida. Se despertó para descubrirlo observándola con una sonrisilla burlona.

Desprevenida, se halló indefensa ante la repentina aceleración de su pulso. En su primera entrevista, le había dicho que, igual que Giles, ella estaba acorazada contra la atracción. Pero el desmoronamiento de sus barreras le había abierto un mundo de nuevas sensaciones y ahora acusaba el impacto de la vitalidad, masculina y ardiente, de Giles.

—Hola —dijo ella.

—Hola, dormilona. Te ha dejado agotada, ¿eh?

—¡Hum! Hemos estado jugando a los piratas.

Melanie se apartó el pelo que le caía sobre el rostro y bostezó. Al intentar levantarse, descubrió que su cuerpo maltratado apenas podía moverse. Giles la tomó de las manos y le ayudó a ponerse en pie, sosteniéndola cuando sus piernas protestaron.

—Gracias —dijo ella con voz ahogada y se apresuró a apartarse de su lado.

—Cena conmigo —propuso Giles.

—Estupendo. Me muero de hambre.

Giles se negó a que le echara una mano excepto en tareas menores.

—Vas a ver. Te asombrará lo hábil que soy con un congelador y un microondas —bromeó él.

Desde el concierto, sus relaciones habían experimentado un cambio simbolizado en el tuteo y en

51

el incidente con Brenda. Giles había admitido que Melanie era una experta en lo que a David se refería, y la experiencia era algo que él sabía respetar. La opinión que Melanie tenía de él cambió irrevocablemente cuando le oyó hablar de un David recién nacido con palabras que eran un eco de sus propios sentimientos. Había sido más fácil pensar en él como el hombre insensible que era su enemigo. El descubrimiento de que amaba a su hijo tanto como ella misma la había sumido en una confusión de la que aún no se había repuesto.

Se sentaron en la cocina a cenar pizza acompañada con vino tinto y no hablaron hasta que no saciaron el hambre.

—¿Y por qué a los piratas?

—Me he puesto a contarle cosas sobre mi infancia. Vivíamos cerca de un lago, por lo que todo el mundo sabía navegar a vela. Formábamos bandos, piratas contra bucaneros —dijo riendo—. Llevábamos la bandera negra con la calavera y siempre hacíamos a los contrarios caminar sobre la pasarela. Había una isla donde jugábamos al escondite y a buscar tesoros.

—¿Qué años tienes?

—Veinticinco, ¿por qué?

—Ha habido un momento en que parecía que tenías diez. Me gusta verte sonreír, aunque sea por una vez. Estabas tan tensa y seria cuando viniste a hacer la entrevista.

—No estaba tensa —dijo ella riendo.

—Tendrías que haberte visto, estabas a punto de estallar, como si estuvieras sujetando la tapa de una olla a presión. He visto esa misma expresión una sola vez. La tenía un tipo que me engañó, me ocultó información vital para que firmara un contrato. Y durante toda la firma, tuvo los nervios de punta por si yo descubría su secreto. No sé qué me hizo sentir así contigo, porque aquel tipo era un estafador y tú, la persona más honrada que conozco.

Su pulso se disparó ante la sensación de que el peligro era inminente, por suerte, él estaba demasiado distraído con lo que estaba diciendo como para darse cuenta.

—Te he observado cuando estás con David. Ahora sé que fue afortunado el día en que llegaste a esta casa. No me dejo engañar fácilmente, Melanie. Y la misma persona jamás lo consigue dos veces. Cuando descubrí lo que había hecho aquel tipo... Bueno, digamos que aún sigue en la cárcel, cavilando sobre su error.

Giles chasqueó la lengua con impaciencia.

—Fíjate, otra vez. Siempre hablando de negocios cuando me había prometido a mí mismo que esta noche no contaban. Brindemos a tu salud, por el cambio que has conseguido en mi casa, en David y también en mí, si he de ser sincero.

—Todo un reconocimiento —dijo ella tratando de ocultar su inquietud.

—Es un reconocimiento considerable, más de lo que tú crees —dijo él sonriendo—. No soy fácil de contentar.

—¡Quién lo hubiera dicho!

Rieron juntos. Alarmada, Melanie se dio cuenta de que una oleada de placer cálido la invadía. Aquellos sentimientos eran peligrosos y se los tenía prohibidos, además era demasiado inexperta en el juego de la atracción como para contrarrestarlos. Buscando desesperadamente un terreno seguro, se decidió a cambiar de tema.

—Todavía hay muchas cosas que no sé sobre David. ¿Cuánto tiempo hace que volvisteis de Australia?

Melanie supo en seguida que había cometido un error. Giles la miró sorprendido.

—¿Cómo sabes tú que hemos estado en Australia?

¿Te lo ha dicho David? Sólo tenía dos años cuando salimos de allí.

—No, no ha sido él —dijo ella, esforzándose por enmendar su desliz—. Debo haberlo leído en los informes de la escuela.

—¡Qué raro! No recuerdo haberlo comentado con ellos, pero supongo que debí hacerlo. Nos mudamos allí para que yo pudiera establecer una rama de la empresa de mi padre. Es extraño que haya mencionado Australia y no Italia, donde fuimos después. Volvimos cuando mi padre murió repentinamente. Cuento con vivir algunos años más en el extranjero para que David se acostumbre a los países en los que operamos.

—Estás muy seguro de que David va a entrar en la empresa, ¿no?

—Por supuesto. Es un Haverill.

—Pero no lo es. Es un niño adoptado.

—Es tan hijo mío como si yo fuera su padre biológico. Yo no hago las cosas a medias, Melanie.

«No», pensó ella. «No hiciste las cosas a medias cuando te vengaste de aquel hombre. No odias a medias, ni amas a...»

Melanie se contuvo y se preguntó por qué le costaba tanto trabajo controlar sus pensamientos últimamente.

—Solo sugería que le dejaras ser niño antes de que tenga que preocuparse por el futuro —dijo ella—. ¿No te has fijado en las paredes de su habitación? Están vacías, excepto por un par de cuadros de buen gusto.

—¿Y eso es tan malo?

—Es terrible. A un niño de ocho años no le preocupa el buen gusto. Quiere manchas de pinturas chillonas y fotos de estrellas de rock y de personajes de juegos electrónicos. ¿Qué tenías tú en las paredes a los ocho años?

Giles sonrió de pronto.

—Al Capitán Hero y su Tripulación Intrépida.

—Ahí lo tienes. En realidad, David conoce al Capitán Hero porque es el protagonista de un juego de ordenador al que jugamos juntos.

—Y yo que le compré ese ordenador como instrumento educativo —protestó él, no demasiado en serio.

—Bueno, consuélate pensando que ahora sirve para educarme a mí. Estoy aprendiendo mucho de David por la manera que tiene de jugar. Hay en él un fondo amable. Casi me atrevería a decir que tú lo desaprobarías. Siempre titubea antes de entrar a matar. Tendrás que curarlo si quieres que algún día dirija la empresa —añadió con ironía intencionada.

Giles se repantigó en la silla y la miró de buen humor.

—¿Me estás atacando?

—¿Tú qué crees?

—Creo que te has metdo conmigo de una manera o de otra desde el día en que entraste en esta casa.

—Giles, ¿has pensado en llevar a David de vacaciones?

—Tendría que hacerlo, claro, pero estoy hasta las orejas de trabajo —dijo él frunciendo el ceño—. Vosotros dos podríais... No, ya he cometido antes el mismo error, ¿verdad?

—¿No crees que podrías encontrar alguien en quien delegar durante un par de semanas?

—Tengo la sensación de que tú ya tienes algo planeado —se quejó él con amargura.

—No exactamente. Pero al hablar de piratas se ha despertado en David el interés por navegar. ¿Sabes navegar?

—Un poco. Cuando estábamos en Italia hacía negocios con un hombre que tenía un club náutico en el Lago Garda. Se llamaba Blue Water, un sitio maravilloso.

—Si tú pudieras, significaría mucho para David,

supondría la oportunidad de pasar varios días a solas contigo.

—Pero tú también vendrás, ¿no? —se apresuró a preguntar él.

—Sí, pero lo que David quiere es que tú le prestes atención. Dásela entera, Giles. Por favor.

Melanie tenía fijos en él unos ojos brillantes de entusiasmo. Por enésima vez, Giles trató de analizar el cambio que se había producido en Melanie en los últimos días, pero se le escapó, como siempre. Había en ella una amabilidad, una simpatía que parecía dirigida hacia él, además de hacia David. En la soledad vacía de su vida, aquella amabilidad era como un bálsamo.

Sin embargo, había más, un misterio que cada vez lo tenía más intrigado. Pensó que en Italia tendría oportunidad de encontrar alguna pista.

También se fijó en que cada vez que llamaban por teléfono, David se quedaba por allí cerca con aspecto ansioso. Giles no descubrió el motivo hasta la víspera del viaje, cuando recibió una llamada de Jack Taggen, una fuente de valiosos informes.

—Se espera la visita de Van Lyman —dijo Taggen.

Giles lanzó una exclamación de triunfo al oír el nombre del hombre con el que precisamente quería hablar.

—¿Para cuándo se le espera?

—Para la semana que viene. Jueves y viernes.

—Jueves y viernes...

Giles se dio cuenta de que Melanie y David lo estaban mirando. Por su mente pasaron varias disculpas muy utilizadas, pero las rechazó al instante.

—Es una lástima —dijo a Taggen—. Estaré fuera esos días.

—¿Y no puedes cancelar ese viaje? —dijo Taggen—. Los negocios con ese hombre pueden valer millones.

—Lo siento. Me llevo a mi hijo de vacaciones y no queremos que nos interrumpan.

Apenas oyó la exclamación de sorpresa de Taggen, estaba mirando la cara de David, y su expresión maravillada e incrédula le partió el corazón.

Las horas previas al viaje transcurrieron en un torbellino de actividad. Giles entregó a Melanie su tarjeta de crédito y le dijo que comprara lo que hiciera falta. Ella supuso que aquello significaba equipar a David para dos semanas de sol y vela. Sin embargo, descubrió que significaba mucho más.

—Se supone que también tienes que equiparte tú —le dijo Giles—. Cómprate lo que necesites.

Melanie salió para hacer las compras y acabó exhausta aunque feliz en un pequeño salón de té. Mientras esperaba a que le sirvieran, examinó el regalo que le había comprado a David y sonrió al pensar cómo iba a gustarle.

—¿Te importa si me siento?

Aún sonriendo, Melanie alzó la cabeza. Se quedó helada y la sonrisa murió en sus labios. Una expresión de horror se adueñó de su rostro cuando el hombre que había hablado se sentó delante de ella.

—¡Oliver! —pudo articular despacio—. ¡No puedo creerlo! Oliver.

Pero era verdad. La pesadilla era real. Allí estaba, el hombre al que ella había creído amar una vez.

—¿Todavía te acuerdas de mí? Yo te hubiera reconocido en cualquier sitio —dijo él, mirándola con ojos entornados—. En cuanto te he visto me he dicho, «Oliver, chico, ésa es ella».

Melanie recordó que tenía la costumbre de citar lo que se decía a sí mismo, algo que le había molestado incluso en los momentos más románticos. Contemplándolo se preguntó cómo había podido amarlo.

—Te va muy bien, ¿eh? —siguió él—. Buenos vestidos, una casa de lujo...

—¿Cómo sabes dónde vivo? —dijo ella tratando de sobreponerse al escalofrío que recorría su espalda.

—Te he estado vigilando desde hace unos días, ¿eh? Me tienes impresionado. Siempre cayendo de pie, ésa es mi Melanie.

—Yo no soy tu Melanie —dijo ella recuperando el dominio de sí misma—. Lo fui una vez, pero no quisiste saber nada.

—Si llego a saber que te iba a ir tan bien, me lo hubiera pensado.

—Oliver, olvidemos el pasado. Está muerto. Igual que las personas que éramos entonces. No sé por qué me has seguido, ni cómo sabías dónde localizarme pero ya no importa.

—Pues podría importar. Encontrarte ha sido la jugada que me ha convencido de que mi suerte está cambiando al final. No he tenido mucha durante estos años. Tomé prestado un dinero de la empresa en la que estaba trabajando. Lo hubiera devuelto. Pero entonces Giles Haverill decidió absorber la empresa y, mientras estaba repasando los libros, descubrió mi pequeño escamoteo. El final del cuento es que me quedé sin trabajo y no he podido encontrar otro decente desde entonces. Volví porque reconozco que le debo algo al señor Giles Haverill. Por eso empecé a vigilar su casa y no veas qué sorpresa cuando vi salir a mi chica.

—No soy tu chica —dijo ella firmemente—. Y no vuelvas a llamarme así. No quiero saber nada de ti.

—¡Eh! Menos prisas. No sabes lo que iba a decir. He estado investigando y he descubierto cosas de lo más interesante. Ya se que te ha contratado para que cuides de su hijo adoptivo. Dime, ¿sabe que eres la verdadera madre de David?

—No digas tonterías. ¿De dónde has sacado la idea absurda de que...?

Por toda respuesta, Oliver arrojó sobre la mesa una fotografía en la que se veía un niño rubio, de unos ocho años, con un jersey a rayas. Melanie la levantó con mano temblorosa.

—¿Cómo has conseguido una foto de David? Pero... No, no es él.

—Exacto. Es una foto de mi hermano menor, Phil, tomada hace años. ¿A que es la viva imagen de David? Phil salió a nuestro padre que es el abuelo de David. Es mi hijo, se le nota la herencia de la sangre. Bueno, tuyo y mío.

—No digas que David es tu hijo. Nunca fuiste un padre para él.

—Tú tampoco fuiste una madraza, que digamos —respondió él con tanta complacencia que Melanie sintió ganas de abofetearlo—. Te libraste de él en cuanto tuviste ocasión.

—No es verdad. Lo hice por su bien. Yo lo amaba.

—¿Y por eso has buscado este trabajo, para estar con él? —preguntó Oliver, aparentemente compasivo.

—Sí. Sólo quería...

—Querías tener a tu hijo. ¿Es que Haverill va a devolvértelo?

—Claro que no. No se trata de eso.

—Entonces, ¿de qué se trata? Supón que su mujer vuelve, o que se casa con otra. ¿Qué te queda a ti? Querías recuperar a ese crío, ¿no? Y yo estoy aquí para ayudarte a hacerlo.

—¿Qué quieres decir?

—Quiero decir que yo también deseo recuperarlo. Ya le enseñaré yo al listo de Haverill a meter las narices en los asuntos de los demás.

—Estás loco. La adopción fue legal. Ningún juez te lo devolvería.

—Pero puede que sí nos lo diera a los dos. Podemos recurrir a esa tal Braddock... ¡Oh, sí! Lo sé todo.

Quiere que David tenga un hogar como es debido, con dos padres. Bueno, nosotros somos sus padres naturales —dijo él observando su reacción—. ¿Te das cuenta de lo que digo? Podrías recuperar a David.

Por un momento, aquella imagen la mareó. David y ella, juntos para siempre. Madre e hijo, lo que eran por naturaleza.

Entonces la visión se desdibujó. El cariño del niño era tanto para su padre como para ella. A pesar de todas las tensiones y los malentendidos que había entre ellos, David adoraba a Giles como a un verdadero padre y su angustia sería total si los separaban.

—Tú quieres tenerlo, lo sé —dijo Oliver con voz suave—. Esta es tu oportunidad. Y la mía de hacer que Haverill se arrepienta de haberme conocido —añadió con una carcajada seca.

Pero Oliver había cantado victoria con demasiada anticipación. Aquellas palabras rencorosas disiparon la visión de Melanie. De repente, vio a Giles como lo había visto en el jardín, abrumado de tristeza mientras le contaba lo mucho que quería a su hijo. Lo que Oliver proponía destruiría a Giles y también a David.

—Ya puedes olvidarlo. No voy a ayudarte, Oliver.

—No seas tonta. Claro que vas a ayudarme. Quieres recuperar a David.

—No, si el precio es romperle el corazón al niño y a Giles.

Oliver maldijo dejándose llevar por la impaciencia.

—Tonterías sentimentales. Los corazones se arreglan. Es nuestro hijo y quiero recuperarlo.

—No cuentes conmigo.

—¡Demonios! Sé razonable. Te interesa tanto como a mí.

—Lo que a mí me interese no tiene importancia, no lo bastante como para hacerle daño a mi hijo.

—Te digo que sería un buen cambio para él, somos

sus verdaderos padres. Tenemos derecho a quedár-noslo.

—No puede pasarle nada peor que tenerte a ti de padre —dijo ella fríamente—. No quiero saber nada de este asunto y basta.

Una expresión desagradable apareció en la cara de Oliver.

—¡Ah! Apuntas más alto, ¿eh? —dijo con una sonrisa de desprecio—. Crees que puedes echarle el lazo al mismo Haverill. Oportunidades no te faltan.

—Lárgate, Oliver. Vete de mi vida y no vuelvas nunca más.

—¡Oh! Volveré, descuida. Ya verás como entras en razón.

—¿Esperas que cambie de idea? ¡Ni en un millón de años!

—Olvidas la foto de Phil —dijo Oliver en tono amenazador—. ¿Te atreverás a negar que soy el padre de David cuando la presente?

Melanie no tenía escapatoria e intentó una jugada desesperada.

—Puedo hacer algo mejor. Puedo negar que yo soy su madre. Ya veremos entonces de qué te sirve la dichosa foto. No puedes tocar a David o a Giles sin mi ayuda y nunca la tendrás, Oliver. Jamás.

Melanie se levantó. Oliver intentó retenerla pero ella lo esquivó. Volvió a intentarlo y en el forcejeo una taza de té se le derramó encima. Mientras él se secaba jurando en voz alta, Melanie aprovechó para escapar. Corrió al coche. Estaba tan alterada que apenas pudo meter la llave en el contacto, pero pensar que él podía seguirla le dio fuerzas para conducir.

Se sentía horrorizada de ver que aquel hombre astuto y repugnante sabía dónde vivían. Se lo imaginó urdiendo planes para hacerles daño y entró en la casa llamando a David, no hubo respuesta. Se quedó de pie, inmóvil, presa de terror, escuchando el silencio de la casa vacía.

Entonces, el sonido de unas risas llegó desde el jardín. Corrió hasta allí pero no vio al niño por ninguna parte. Volvió a oír las risas, venían del rincón secreto donde había hablado con Giles. Los dos estaban allí, absortos mirando algo en el agua que Giles le estaba enseñando. Melanie tuvo un momento para observarlos sin que lo supieran. Era la primera vez que los veía juntos, contentos y relajados. La amenaza que se cernía sobre ellos le oprimió el corazón.

—No se lo permitiré —murmuró—. Haré lo que sea para protegerlos.

Giles levantó la cabeza y sonrió al verla.

—¿Ya has vuelto? ¡Vaya! ¿Qué te pasa? Estás blanca como el papel.

Giles se le acercó, le puso la mano en el brazo y le sonrió de una manera que significaba mucho para ella.

—¿Qué te pasa? —insistió.

—Nada, nada —respondió ella, tratando de dominar sus pensamientos—. Ha sido un día agotador.

—¡Melanie! Melanie, mira lo que tengo.

Era David que la llamaba. En la mano sostenía algo largo y resbaladizo que había sacado del arroyo.

—¡Puaj! —exclamó ella involuntariamente.

—¿Lo ves? Ya te advertí que no iba a gustarle —dijo Giles—. Las mujeres no entienden de estas cosas. Sin embargo, estás muy pálida. Necesitas estas vacaciones.

—Sí. No te puedes figurar cuánto me alegro de que nos vayamos mañana.

Capítulo Cinco

Llegar a Blue Water fue como entrar en el paraíso. El sol cálido les acarició en cuanto salieron del avión y las aguas del lago brillaban invitándoles. El Garda, al pie de los Alpes era el mayor de los lagos italianos.

—Es como estar en el mar —dijo David entusiasmado—. No se ve la otra orilla.

El lago estaba repleto de windsurfistas y navegantes. Blue Water se levantaba en una de las mejores playas de arena que Melanie había visto en su vida. Giles había reservado el mejor chalet, con tres dormitorios, una terraza y una vista magnífica sobre el lago.

—¡Vamos a nadar! —exclamó David en cuanto entraron.

—Espera a que deshagamos las maletas, hijo —dijo Giles—. Ni siquiera sabemos dónde están los bañadores.

—Claro que lo sabemos —dijo Melanie, rebuscando en su bolsa de mano—. Los puse aparte a propósito.

—Me rindo. Vamos a nadar.

Al final, ella fue la última en salir de su habitación mientras que Giles y David, convenientemente equipados, la esperaban cantando.

—¿A qué esperamos? —preguntó David.

—Ya voy, ya voy.

Salió al instante, riendo y protestando mientras David se le lanzaba encima. Giles le alegró de que los dos estuvieran tan entretenidos. Necesitó un momento para recobrarse. Había imaginado que ella tenía una figura bonita, pero nunca se había dado cuenta de lo hermosa que era hasta que no la vio en bañador. El traje de baño era negro, sencillo y de una pieza, algo que no pretendía ser provocativo. Sin embargo, nada podía disimular sus caderas estrechas, sus senos maduros y sus largas y elegantes piernas. Giles sintió un intenso deseo de alargar la mano y tocarla, pero, por suerte, la presencia de su hijo hizo que se controlara y, para cuando acabaron de jugar, ya se había dominado.

Cuando salieron del agua, oyeron unos gritos que la llamaban.

—Son los Frayne —le dijo a Giles—. Cuidé a sus hijos hace tiempo. Aquéllos son George y Celia, los padres. Y ese chico alto y atractivo es Jack, el hermano de Celia.

A Giles no le pareció que Jack fuera particularmente atractivo y se limitó a gruñir.

—Es fantástico encontrarte aquí —exclamó George, dándole un fuerte abrazo.

Era un hombre de mediana edad, fortachón, con una voz ronca y una sonrisa enorme. Melanie hizo las presentaciones y, al cabo de un minuto, los dos grupos se habían unido. David se mostró tímido al principio, pero sus reservas no tardaron en ceder ante la simpatía de los otros chicos.

—Míralo —le susurró Melanie a Giles mientras los niños se perseguían—. Era justo lo que le hacía falta.

—Y se ha olvidado de su padre —dijo él con una sonrisa—. Aunque se suponía que era mi compañía lo que necesitaba.

—Lo que necesita es saber que estás aquí, esté o no a tu lado. No tardaría en notar tu ausencia.

—Comprendo. Quédate cerca, pero en segundo plano para cuando hagas falta, como el tirador de una puerta.

—Exactamente, claro. ¿No te das cuentas? Para eso están los padres.

—Empiezo a darme cuenta. Debes conocer muy bien a esta familia —añadió en un tono casual.

—Viví con ellos tres meses. Celia estaba en el hospital y George pasaba casi todo el tiempo con ella, de modo que Jack y yo nos encargábamos de los niños —dijo ella riendo—. No te lo imaginas al verlo con esa pinta de Adonis y todo su encanto, pero Jack es estupendo con los críos.

—A mí no me ha parecido especialmente encantador —refunfuñó Giles.

—No, Claro —dijo ella sin dejar de reír—. Para los hombres no es evidente, pero las mujeres sí lo vemos. Jack ha roto más corazones que...¡David! Ten cuidado. No tires a Annie. Es muy pequeña.

—¿Ha roto más corazones que...? —dijo Giles.

—¿Cómo?

—Hablabas de Jack. Por lo visto, no se le resiste ninguna mujer.

—Será mejor que nos acerquemos a los niños —dijo Melanie sin quitarles los ojos de encima—.

Melanie salió corriendo por la arena seguida de Giles. Se sentía vagamente inquieto, como si el sol le hubiera afectado.

Pasaron unos cuantos días con los Frayne, holgazaneando en el Margarita, el yate que habían alquilado y haciendo excursiones por el lago. Tal como Melanie había dicho, David no necesitaba la vigilancia constante de los adultos tanto como estar seguro de que contaba con ellos. De vez en cuando, iba a ver si seguían allí antes de volver feliz al juego con los otros niños. Esto le dio a Melanie oportunidad de renovar su amistad con Jack, a quien consideraba como un hermano.

—¿Ya no haces música? —preguntó él un día que estaban tomando el sol.

—No, lo dejé. Estoy contenta cuidando de David.

—¡Canguro! ¡Tú! Todavía recuerdo cuando tocabas con el conjunto, toda vestida de cuero negro y caderas bamboleantes.

—¡Calla! Mi jefe no sabe nada de las excentricidades de mi pasado.

—No le haría gracia, ¿eh? ¿Dónde está su mujer?

—Lo abandonó.

—¿Sin llevarse al niño? Pobre criatura. ¡Oye! ¿No se llamará Zena? —dijo Jack de repente.

—Pues sí. ¿Cómo lo sabes?

—Ayer lo oí hablar por teléfono con ella.

—¿Qué? ¿Estás seguro?

—Dijo Zena, desde luego. Y añadió «Escúchame, por favor». Quizá esté tratando de que vuelva.

—No creo.

—Bueno, pero tiene que intentarlo. Quizá no se haya portado bien con él, pero sigue siendo la madre del niño. Lo mejor que podría pasar es que volvieran a reconciliarse. ¡Eh, chicos! Basta ya —dijo él evitando un chorro de agua que lo salpicó.

En la confusión que hubo a continuación, Melanie se las arregló para evitar aquella charla.

—Estás muy callada —dijo Giles cuando aquella tarde volvían al chalet.

—¿Quién, yo? No, sólo estoy cansada.

—Yo creo que estás así desde que has hablado con Jack. Ha sido como si se apagara una vela. ¿Qué pasa, Melanie?

—Nada. Son imaginaciones tuyas.

Melanie no deseaba otra cosa que quedarse sola para pensar en la espantosa posibilidad que Jack había apuntado. Zena podía regresar y ella volvería a perder a David otra vez. Y, aunque su mente se negaba a pensarlo abiertamente, sabía que también perdería a Giles.

Le dio a David un beso de buenas noches y el niño le echó los brazos al cuello.

—¿Por qué lloras? —preguntó él en voz baja.

—No estoy llorando.

La puerta se abrió en aquel momento.

—Papá, ¿por qué está llorando Melanie? ¿Te has portado mal con ella?

—No, que yo sepa —contestó Giles, acariciándola suavemente—. ¿Qué te pasa, Melanie?

—Nada. Lo que estáis diciendo es absurdo. Me voy para que podáis daros las buenas noches.

Salió a toda prisa de la habitación. Cuando Giles hizo lo mismo, Melanie había tenido tiempo de controlarse.

—David está encantador estas vacaciones, ¿a que sí? —dijo ella.

—Sí y no sabes lo agradecido que te estoy por haberlas sugerido. Será mucho más fácil para mí decirle algo muy importante.

—¿Sí? —preguntó ella con el corazón en la garganta, su pesadilla comenzaba a hacerse realidad.

—Ayer llamé a Zena. He estado pensando que... Bueno, que Zena y yo...

—¡Papá! —les interrumpió la voz del niño llamando.

—Vuelvo en seguida —dijo él.

Giles volvió al dormitorio del niño. En cuanto desapareció, Melanie salió del chalet. No tenía fuerzas para seguir escuchando aquello. La orilla estaba desierta y oscura, y pudo correr sin llamar la atención. Oliver ya le había advertido de que Zena podía regresar y ella volvería a perder al hijo que tanto le había costado reencontrar. Se enfrentaba a una separación mucho más dolorosa que la primera.

Echó a correr a todo lo que daban sus fuerzas, como si tratara de dejar atrás a sus pensamientos. Pero siguieron acosándola implacables y necesitó de todo su coraje para, al despuntar el alba, volver al chalet sabiendo lo que le esperaba allí. David descansaba y Giles estaba en la puerta.

—¿Dónde te has metido? —preguntó él—. Me tenías preocupado.

—Lo siento. Necesitaba correr.

—¿Así, por las buenas? ¿Sin avisar a nadie? Estás muy pálida.

—Son las consecuencias de estar despierta toda la noche. Me muero por una taza de té —añadió para distraerlo.

Giles se ofreció a prepararlo y, mientras lo tomaban, Melanie acabó de armarse de valor.

—¿Qué te parece si los tres alquilamos un bote hoy? —sugirió Giles—. Siempre que te sientas con ánimos, claro.

—¿Qué ibas a decirme anoche sobre Zena y tú?

—¡Ah, eso! La cuestión es que, por el bien de David, pensé que Zena y yo deberíamos tratar de reconciliarnos. En realidad, le pedí que lo intentáramos. Era algo forzado, porque el amor que haya podido haber entre nosotros está muerto, pero David...

—¿Sí? —preguntó ansiosa.

—En fin, la verdad es que Zena se casa otra vez hoy mismo. Por supuesto, ése fue el final de mi proyecto de reconciliación, pero mi problema era cómo decírselo a David.

—Zena... se casa...

—Con el tipo por el que me dejó. Me estaba preocupando por nada. Anoche, cuando te fuiste, se lo dije a David y, ¿sabes qué? No se inmutó. Me dijo, «Pero tenemos a Melanie, ¿no?» Yo le dije que sí y... ¿Melanie?

—Estoy bien —se apresuró a decir ella—. Sólo es cansancio.

Melanie tenía que alejarse de él. Estaba a punto de echarse a llorar embargada de una emoción que en aquel momento no se atrevía a examinar de cerca.

—Creo que voy a acostarme un rato.

—Que no sea mucho. Mira qué amanecer. Va a hacer un día estupendo.

—Sí, sí. Un día estupendo.

¡Ridículo! ¡Absurdo! ¡Sentirse tan dichosa porque Zena desapareciera de la vida de Giles! Y de la de

David, claro... Eso era lo que más importaba, se recordó a sí misma. Pero era difícil recordarlo cuando tenía a Giles delante, con el cuerpo musculoso brillante por el agua, la piel bronceada por el sol.

El bote cabeceó y Melanie se vio arrojada contra él, sintió las piernas desnudas contra las suyas y se quedó sin aliento. Se preguntó si aquella atracción se reflejaba en su rostro y entonces se dio cuenta de que él también respiraba agitadamente.

Llevaron el bote a la costa y comieron en un café junto a la orilla. Melanie se puso un pañuelo sobre los hombros para protegerse del sol ardiente y contempló satisfecha a Giles y a David. Parecían más cómodos y relajados juntos, como si el entorno desconocido los hubiera tranquilizado. Faltaba poco para que regresaran a casa, donde volverían a surgir los problemas de la vida cotidiana, pero ya habría tiempo para preocuparse de eso. Por ahora, le bastaba con verlos riendo y disfrutando de su compañía mutua.

—Está anocheciendo —dijo ella de mala gana—. Supongo de deberíamos pensar en volver.

—Supongo que sí —dijo Giles, no más dispuesto que ella.

—¿Me dejas llevar el timón? —suplicó David.

Giles le revolvió el pelo.

—Claro que sí, hijo. Nosotros descansaremos mientras tú haces el trabajo.

Y si no se relajaron por completo, lo disimularon bastante bien dejando que David se encargara de gobernar el bote. Giles lo contempló con orgullo y, cuando finalmente atracaron, le puso una mano en el hombro mientras le dedicaba una sonrisa radiante.

Se detuvieron a saludar a la señora Witney, que junto con un grupo de señoras mayores acababan de instalarse en el chalet vecino. La señora Witney tocó el brazo de Melanie para llamar su atención.

—Debes estar muy orgullosa de tu hijo.

—¿De mi...?

Melanie la miró sobresaltada, preguntándose cómo había averiguado su secreto aquella desconocida.

—¿No es tu hijo?

—Es hijo mío —intervino Giles sonriéndole—. Melanie me ayuda a cuidarlo.

—¡Oh, lo siento! Os pido perdón. Es que los tres parecéis una familia perfecta.

A Giles pareció complacerle aquel comentario.

—Sí, supongo que es verdad.

—Además, tiene el mismo pelo que tú, Melanie —insistió la señora.

—¡Es cierto! —dijo Giles—. No me había dado cuenta.

—¡Tonterías! —respondió Melanie alarmada—. Los dos somos rubios, como mucha otra gente. Sólo que el pelo parece igual al sol. Perdonarme, debo haberme dejado el pañuelo en el bote.

Fue a buscarlo, pero no lo encontró en el bote y volvió al chalet.

—Lo más probable es que te lo hayas dejado en el café —dijo Giles cuando le preguntó si lo había visto.

—No, estoy segura. Recuerdo que lo llevaba al levantarnos de la mesa.

Giles se encogió de hombros.

—Entonces, se habrá caído al agua. Bueno, ¿qué vamos a cenar?

El segundo día de vacaciones, Melanie había descubierto el secreto inconfesable de Giles.

—¿Conque un ordenador portátil y un fax, eh? —dijo ella con una mirada maliciosa.

—Escucha —dijo él nervioso, mirando de reojo la puerta de la habitación de David—. No puedo pasarme dos semanas completamente ilocalizable, pero te prometo que esperaré a que él se duerma. No me descubras —dijo con una sonrisa tímida que era una súplica.

—De acuerdo.

Giles cumplió su palabra y siempre estuvo disponible para lo que David quisiera, dejando el trabajo para las noches. Por suerte, David dormía como un tronco, la actividad incesante lo hacía caer rendido y el trabajo de su padre pasó inadvertido.

Una noche, Melanie salió del cuarto del niño y cerró la puerta con cuidado.

—¿Se ha dormido? —preguntó Giles.

—No lo despertaría ni un terremoto —se rió ella—. Ya puedes ponerte a trabajar.

—Esperaré a que cenemos primero.

—En realidad... ¿Te importaría que saliera? Jack me ha pedido que vaya a cenar con él.

—Estupendo —rezongó él.

—¿De verdad te parece bien? —dijo ella, perpleja por aquel tono de voz.

—Ya te he dicho que sí. ¡Sal y diviértete!

—No voy a ningún sitio, si eso va a hacer que te enfades conmigo.

Giles trató de controlarse. Era ridículo sentir aquel repentino malestar sólo porque ella quisiera tomarse unas cuantas horas libres.

—No me he dado cuenta. Lo siento. Es que, cuando viniste a casa a entrevistarte conmigo, prometiste que esto no iba a suceder.

—Un momento. Prometí que no iba a casarme. Nunca dije que no saldría a cenar con un viejo amigo.

—Cenar con un viejo amigo puede ser el prolegómeno de una boda.

Giles sabía que se estaba comportando de una manera irracional, pero no podía evitarlo. ¿Y qué diablos le había hecho utilizar una palabra tan engorrosa como prolegómeno?

—Va a ser una velada tranquila para hablar de los viejos tiempos —dijo ella firmemente—. No hay necesidad de que actúes como Hamlet cuando acaba de ver el fantasma.

Giles se pasó una mano por los ojos.

—No me hagas caso, Melanie. No estoy acostumbrado a tanto ejercicio y me siento agotado. Sal y pásatelo bien.

Melanie se metió en su habitación y Giles se quedó allí, sintiéndose descontento con todo pero, sobre todo, consigo mismo. Sabía que no podía haberlo hecho peor, aun queriendo. La verdad era que, descubrir que ella tenía otros intereses aparte de David y de él mismo, lo había llenado de ira. Y de cierto temor.

Cuando Melanie apareció media hora más tarde, maquillada y con un provocativo vestido, Giles se mordió la lengua, pero se le hizo un nudo en la boca del estómago. La despidió y se quedó mirando cómo se marchaba con tranquilidad, aunque su corazón era un caos rugiente discutiendo consigo mismo.

«¡Por el amor de Dios! Es la primera noche que se toma libre desde que empezó a trabajar para ti. Ni siquiera sabía que ese individuo iba a estar aquí».

¿O sí?

De repente, toda la situación se convirtió en una trama siniestra. Melanie lo había engatusado para ir de vacaciones y poder encontrarse con su «Adonis». Incluso lo había convencido de que pagara el vestido que llevaba para seducirlo. Durante un rato, Giles se vio invadido por unas ideas horribles que arrojaban sombras extrañas y agobiantes en su alma. Luego, paulatinamente, recobró el sentido común.

Sin embargo, se sentía agitado. Él era un hombre estrictamente práctico que nunca se había visto perturbado por ilusiones, aunque, por un momento, sus figuraciones habían sido más que reales. Se restregó los ojos con las manos tratando de retornar a la normalidad, preguntándose qué le estaba pasando.

Fue al teléfono, llamó a Nueva York y le soltó

a sus subordinados una retahíla de diez minutos que los puso a correr de una lado a otro. Cuando terminó, David abrió la puerta de su cuarto y apareció con los ojos semicerrados y la cara somnolienta.

—¿Dónde está Melanie?

—A salido a pasear.

—Tengo sed.

Giles fue a la cocina y llenó dos vasos de leche.

—¿Cuándo va a volver? —preguntó David.

—Dentro de un rato.

—¿Me lo prometes?

—Sí, hijo. Te lo prometo. Cuando venga entrará a darte un beso de buenas noches.

David consintió que lo llevara a la cama y lo arropara. Giles se acercó a mirar a través de las cortinas. A la luz de la luna, vio dos siluetas en la playa. Melanie apoyaba la espalda contra un árbol y reía mirando a su acompañante que, a juicio de Giles, estaba innecesariamente cerca. Mientras los miraba, echaron a andar y Jack le puso un brazo sobre los hombros. Giles forzó los ojos, tratando de poder taladrar la penumbra, pero desaparecieron en las sombras.

—¿Va a tardar mucho en volver? —preguntó David.

—Duérmete, hijo —dijo Giles con un suspiro.

Jack Frayne hizo su última tentativa.

—¿Sabes una cosa? Estás mucho más bonita que hace dos años —murmuró.

Melanie se rió junto a su rostro.

—Vamos, Jack. Sabes que no puedo tomarte en serio cuando me dices esas cosas. Se suponía que íbamos a pasar la noche como dos viejos amigos. Me has dado tu palabra.

—No te preocupes. No he olvidado lo que sucedió la última vez que me puse pesado contigo. La mejilla me seguía escociendo una semana después.

—Ha sido una noche encantadora. Dejémoslo ahí.

Jack la miró de cerca.

—Has cambiado. Estás más viva que cuando nos conocimos.

—Bueno, las personas cambiamos.

—No será Haverill, ¿verdad?

—Claro que no.

—Ya veo —dijo él con sorna.

—Tú no ves nada de nada. Me gustaría volver al chalet.

Melanie intentó entrar sin hacer ruido, pero Giles estaba trabajando con el ordenador.

—Te has tomado tu tiempo —gruñó—. No sabía que ibas a llegar tan tarde.

—¿Es que David...?

—David se ha despertado y ha preguntado por ti. Tenía miedo de que no volvieras.

Sin pérdida de tiempo, Melanie entró en el cuarto del niño. Tenía los ojos abiertos y la saludó medio adormilado, pero cuando lo besó y lo arropó, se quedó profundamente dormido.

—No hay de qué preocuparse —dijo ella al salir de la habitación.

—Perfecto. ¿Te lo has pasado bien?

—Sí, mucho. Hemos ido a bailar y a...

—Era una pregunta formal. No quiero oír todos los detalles —la atajó él.

—En ese caso, me voy a la cama —dijo ella enfadada—. Buenas noches.

—Buenas noches.

Capítulo Seis

Melanie se despertó varias horas después y descubrió que el sol ya estaba alto en el cielo. Perpleja, saltó de la cama y fue al cuarto de David, pero estaba vacío. Buscó apresuradamente a Giles.

—David no está en su habitación.

—Hace más de una hora que se ha ido. Los Frayne se han llevado a todos los chiquillos a dar una vuelta en el Margarita. Le he dado permiso para ir. Lo cuidarán bien.

—Por supuesto. Pero podría haber ido con él.

—No quería molestarte.

—Genial. De modo que ahora dispones de todo el día para dedicarte a tus negocios —dijo ella con socarronería.

—¿A los negocios? ¡Ah, sí! Los negocios. ¿Y qué vas a hacer tú?

—Darme un baño.

—¡Pues mira! —dijo él como si acabara de ocurrírsele—. A lo mejor lo dejo todo y te acompaño.

—¿Dejarlo todo? —bromeó ella?—. ¿Tú?

—Anda, vamos —dijo él sonriendo.

El sol parecía brillar sólo para ellos cuando corrieron por el embarcadero y saltaron al agua. Melanie era una magnífica nadadora y Giles tuvo que esforzarse por mantenerse a su lado mientras se dirigían a aguas profundas.

—¡A ver si me pillas! —gritó Melanie y se puso a bracear hacia la costa.

Giles se lanzó en su persecución, la alcanzó cuando llegaron a la playa.

—¡Pequeña bruja! ¡Menuda paliza me has dado!

Melanie se rió de él y Giles la agarró por los hombros, sacudiéndola.

—¡Melanie!

Se repente, sintió como si nunca antes la hubiera visto de verdad. Con sus miembros bronceados y fuertes y el pelo enmarañado, parecía una doncella vikinga, una mujer guerrera y conquistadora. Giles no era un hombre dado a la poesía, pero por su cabeza pasaron unas imágenes de fuerza atemperada con tanta suavidad y belleza que lo dejaron confuso. Una timidez imprevista hizo que le quitara las manos de encima.

—Tengo hambre —dijo.

Se secaron y fueron a un restaurante donde servían pescado y podían sentarse a comer al sol. Melanie echó la cabeza hacia atrás y lo observó con los párpados entornados.

Cuando la había atrapado en la playa, pensó por un momento que iba a besarla. Había temido y deseado aquel beso. Hubiera supuesto una complicación delicada, estúpida, innecesaria.

Giles alzó la vista, en cuanto sus ojos se encontraron, Melanie se vio invadida por una oleada de calor. Podía sentir el rubor de sus mejillas, poniendo en evidencia lo que ella hubiera querido ocultar. Entonces, él se apresuró a apartar los ojos, consultó el menú y, a no ser por un ligero temblor en su voz, nada indicó que hubiera pasado algo.

Les sirvieron la comida y la atmósfera se relajó.

—Siento haberme portado como un cretino anoche —dijo él—. Me he acostumbrado a contar tanto contigo que me sentí amenazado de que salieras.

—Lo de anoche no tuvo importancia. Jack es una buena persona y yo tenía ganas de reírme. Cuenta conmigo todo lo que quieras, no voy a ir a ninguna parte.

Giles la contempló sonriendo.

—Es increíble. En el poco tiempo que estás con nosotros has transformado mi casa y mi relación con David y, sin embargo, casi no sé nada de ti.

—No hay nada que contar —dijo ella—. Lo que ves es lo que hay.

—No, estás llena de misterios. Me contaste que te habías enamorado hace nueve años y que sería la última vez. ¿Qué ocurrió, Melanie? ¿Cómo puedes estar tan segura?

—¿Yo dije eso? No me acuerdo.

—A mí me parece que sí. ¿Por qué tratas de esquivar mis preguntas?

Melanie se encogió de hombros con indiferencia, pero se guardó mucho de mirarlo a los ojos.

—Las chicas de dieciséis años siempre están desilusionándose con el amor.

—Sí, pero después maduran y lo superan. A ti te ha durado nueve años y sigues desencantada. Debe haber sido algo terrible.

—No quiero hablar de eso.

—Entonces, sí que fue algo terrible.

—Repito que no quiero hablar de eso.

Estaba alarmada. Se levantó bruscamente y echó a andar. Giles llamó al camarero, le puso unos billetes en la mano y corrió tras ella.

—¡Melanie! Melanie, lo siento.

La alcanzó bajo la sombra de unos árboles y le hizo dar la vuelta para que lo mirara.

—Jamás te metas en mi vida privada, Giles.

—No pretendía entrometerme. Sólo que para mí es importante saber más cosas de ti.

—No hay necesidad de...

—Pero es que sí la hay —dijo él, sujetándola con más insistencia—. Tú sabes por qué, ¿verdad?

Sí, ella lo sabía porque el clamor de su sangre

se lo estaba diciendo. Una sangre que se precipitaba por sus venas, confundiendo su raciocinio, lanzándola a un torbellino en que la precaución no tenía cabida. Luchó por aferrarse a su sentido común, pero era algo difícil cuando él estaba tan cerca.

—Sabes lo que nos está pasando, ¿no es cierto? —insistió él—. Sabes que llevo todo el día queriendo besarte. Ahora mismo, deseo llevarte al chalet, besarte entera y...

—¡Pero no puedes! —gritó ella—. No te lo permitiré. No debo.

Se zafó de él de un tirón y corrió con todas sus fuerzas. Antes de escapar para poner entre ellos la mayor distancia posible, vio fugazmente su cara perpleja y demudada.

Melanie corrió hasta que se quedó sin aliento. Entonces, regresó caminando por la orilla. No se veía a Giles por ningún lado, pero podía volver en cualquier momento. Pensó que debía llegar a la playa, quedarse sola y darse un tiempo para reflexionar sobre lo que le estaba pasando. Quedaba un yate en el embarcadero, pero el encargado se mostró reticente a alquilárselo.

—Pronto se hará de noche, *signorina* —protestó el hombre.

—Sólo quiero navegar un rato —dijo ella.

Ante su insistencia, el encargado se encogió de hombros y cedió. Melanie puso proa a aguas profundas. Al menos, allí había paz y una oportunidad de ordenar sus turbulentas emociones.

En principio, la situación era bien sencilla. Conquistar a Giles era la forma más sólida de asegurarse de que iba a quedarse con David. Una mujer más calculadora habría aprovechado la ocasión, sobre todo después del miedo que ella había pasado. Pero Melanie había elaborado sus planes en los días en que Giles era un monstruo y sus emociones estaban heladas. Ahora, Giles no era un monstruo, sino un hombre vulnerable, preocupado e inquietantemente atractivo que empezaba a interesarse por ella. Y ella estaba hecha un mar de confusiones.

Contempló el agua y le pareció ver las imágenes en la superficie, Giles, David y ella misma, juntos para siempre. Era una visión encantada. Entonces, la imagen se transformó y sólo estuvieron Giles y ella. David seguía allí, en sus vidas, su cariño por él era una hebra eterna trenzada en su amor, en sus sentimientos, corrigió, por Giles. Pero, por el momento, sólo pensaba en el hombre que se abría camino poco a poco en su corazón. Parecía sonreírle desde el agua y Melanie le devolvió la sonrisa.

El barco cabeceó repentinamente y estuvo a punto de tirarla por la borda. Se sujetó como pudo y luchó por recuperar el dominio del pequeño navío. Era difícil porque se había levantado un viento fuerte que zarandeaba el barco. Mientras ella estaba perdida en sus ensoñaciones, el tiempo había cambiado y se cernía una tormenta. Miró a su alrededor. Casi no podía ver tierra en ninguna dirección y estaba oscureciendo por momentos, sólo forzando los ojos podía adivinar la línea de la orilla de donde había zarpado.

Necesitó de toda su pericia para virar el barco y regresar. Las olas azotaban el barco, zarandeándola de un lado a otro mientras que la oscuridad era cada vez más espesa.

Cuando se acercó a la costa, divisó a Giles, de pie en el muelle, esperándola con ansiedad. La sacó del barco alzándola en vilo y estrechándola entre sus brazos.

—Te he visto tomar el bote —dijo él—. Cuando ha empeorado el tiempo, me he vuelto loco pensando en ti. Melanie...

En cualquier otra ocasión ella se hubiera dejado llevar feliz por su abrazo, pero un terror nuevo había surgido en su mente. Se zafó de Giles y se dirigió a un oficial de la policía que vigilaba las aguas embravecidas.

—¡El Margarita! —gritó—. ¿Hay noticias de él?

—No hemos oído nada, pero no creo que este tiempo le moleste.

—Pero es una tormenta...

—Es una tormenta muy pequeña, *signora*. Pero nada para el Margarita.

—Tiene razón —dijo Giles a su lado—. No me hace gracia que David esté a bordo con esta tormenta. Seguro que está asustado, pero no creo que haya peligro.

De mala gana, Melanie dejó que la condujera al chalet. Todos sus pensamientos se centraban en David, pero trató de ser razonable y se dijo que estaba exagerando.

Cuando salió de la ducha encontró a Giles que la esperaba con una bebida caliente que le había preparado.

—Bebe esto y trata de no preocuparte —dijo él—. El policía tenía razón. No es una tormenta que pueda afectar al Margarita tanto como al barco en el que tú navegabas.

En aquel momento, restalló un relámpago cegador, seguido poco después por el retumbar del trueno.

—¡Dios mío! Escucha eso —exclamó ella desquiciada—. No deberías haber dejado que se fuera. ¿Cómo has podido hacerlo?

—No sabía que iba a cambiar el tiempo.

—¿Cómo has podido dejarlo subir en un barco lleno de desconocidos?

Melanie sabía que se estaba comportando irracionalmente, pero las palabras brotaban de sus labios sin que ella pudiera evitarlo.

—Unos completos desconocidos y has dejado que se lleven a tu hijo...

—Tampoco eran tan desconocidos, ¿no? —respondió él—. Jack y tú parecíais ser muy amigos.

—¿Y eso qué tiene que ver? —chilló ella.

El estallido de un nuevo trueno los ensordeció.

—¡Oh, escucha eso! ¿Cómo será en medio del lago? ¡Dios mío! ¡David!

Melanie salió corriendo del chalet. Giles intentó ir tras ella, pero el sonido del teléfono lo detuvo. Melanie no oyó nada. Se encontraba perdida en un mundo donde sólo existía un terror agónico por la suerte de su hijo. Llovía a mares, pero ella se abrió paso hasta la orilla.

—¡David! —gritó—. ¡David!

Entonces, sintió una mano sobre su hombro y giró en redondo.

—Giles, tenemos que hacer algo... —suplicó.

—Melanie, escucha...

—Tenemos que llamar al servicio de rescate. Puede haberle sucedido cualquier cosa. No deberías haber dejado que se fuera.

—¡Melanie! —dijo él sacudiéndola.

—¿Cómo puedes quedarte ahí tan tranquilo? —gritó ella—. Tu hijo puede estar ahogándose...

—No. Escúchame. Los Frayne acaban de llamarme. Todo está bien. Cuando empezó el mal tiempo, atracaron en la costa. Están en un hotel de la parte norte del lago.

—¿Qué? —preguntó ella mirándolo.

—David se encuentra perfectamente a salvo. Acabo de hablar con él.

—¡Gracias a Dios! —susurró—. ¡Gracias a Dios!

Giles la contemplaba pasmado. Sabía que su amor por David iba más allá de lo corriente pero, aun así, la intensidad de sus emociones lo sorprendía. La abrazó con prudencia, pero al sentir el temblor de su cuerpo no pudo resistirse y la estrechó contra su pecho.

—Vamos, vamos. Todo está bien. David se encuentra a salvo.

—No puedo evitarlo. Es que...

—Lo sé —murmuró él—. Lo sé.

—No, no lo sabes. ¿Cómo puedes mantener la calma?

—Porque David no está en peligro. Todo ha terminado —dijo él mientras le acariciaba el pelo—. Vamos al chalet antes de que te resfríes.

Giles mantuvo un brazo firme en torno a ella hasta que llegaron. Entonces la obligó a sentarse en el sofá. Melanie estaba temblando, más por la conmoción que de frío. Giles sirvió una copa de brandy y se la puso entre las manos.

—¿Qué ha dicho David? —preguntó ella—. ¡Ojalá hubiera podido hablar con él!

—Pero es que sí puedes. Tengo el número del hotel.

Giles marcó y no tardó en hablar con su hijo.

—¿David? Melanie quiere charlar contigo —dijo antes de pasarle el teléfono.

—Cariño, ¿estás bien? —preguntó ella ansiosamente.

—Claro que sí —dijo la voz animada de su hijo—. Aquí se está genial. Hay una exhibición de piratas y...

Melanie apenas pudo escuchar el resto con la alegría de oír aquella voz feliz y fuerte. Cuando Giles le quitó el teléfono con suavidad, dejó escapar una risa trémula.

—De lo único que podía hablar era de la exhibición pirata.

Melanie acabó perdiendo el control. Se tapó la cara con las manos y se echó a llorar. Giles no malgastó palabras, se limitó a estrecharla entre sus brazos y tranquilizarla.

—Podíamos haberlo perdido —sollozó ella.

Pensó en los ocho largos años sin su hijo, en el

poco tiempo que lo había tenido y nuevas lágrimas brotaron de sus ojos.

—Ocho años, ocho años.

—¿Cómo? —dijo él, inclinando la cabeza para oír sus palabras entrecortadas.

—Digo que sólo tiene ocho años —se apresuró a corregir ella.

—Lo sé. Y yo sólo había empezado a conocerlo para perderlo ahora. Pero no lo hemos perdido. Piensa en eso.

Melanie hizo un esfuerzo supremo para dominarse y levantó la cabeza. Giles la miró. Con el pelo desordenado en torno a los estragos que había causado la emoción en su cara, parecía joven y vulnerable y de pronto, Giles hizo lo que llevaba días deseando. La abrazó con fuerza y la besó.

—Giles... —susurró ella.

—No digas nada —suplicó él—. Los dos sabíamos que esto tenía que suceder.

Hablaba con los labios pegados a su boca mientras la estrechaba contra sí. Melanie sintió que las fuerzas la abandonaban. No podía resistirse. Sólo podía ceder a lo que, tal como Giles había dicho, era inevitable. Melanie se había fijado en cómo la miraba, ya había vivido aquel beso en su imaginación. Y ahora era real, cien veces más dulce de lo que su enfebrecido anhelo le había prometido.

Su conciencia le decía que debía protestar, que mientras estuviera engañándolo no debía sucumbir en sus brazos, pero no podía detenerse. La urgencia dulce, la pasión de Giles la abrumaba. En aquel instante, no deseaba otra cosa que estar allí, con el hombre que había despertado a la vida su corazón, dando y tomando.

Giles la besó tiernamente, como un hombre que se hubiera prometido aquello hacía mucho tiempo y no estuviera dispuesto a echarlo a perder apresurándose. Giles la deseaba tanto como Melanie a él. Sólo eso le producía un deleite maravilloso que su vida solitaria nunca antes le había brindado.

—Giles...

—Silencio, cariño. No me detengas. Hace tanto que quería besarte... ¿no lo sabías?

—Sí... Sí...

—No me lo podía creer, ¿sabes? Ha estado aquí, entre nosotros...

Las últimas palabras se perdieron en un nuevo beso. Melanie ya no podía pensar en si tenía derecho a hacer aquello. Sólo podía dejarse llevar desesperada por lo que deseaba tan urgentemente. Sentía que aquellos labios sobre su boca eran un bálsamo, como si estuvieran destinados para ella desde el principio de los tiempos, tan intensos que casi la asfixiaban.

Dejó escapar una largo y trémulo suspiro que hizo que Giles se apartara para mirarla.

—Melanie. Mi dulce Melanie, bésame. Bésame...

Giles la tumbó sobre los cojines, cubriendo su cara de besos. Al contacto de sus labios, algo floreció en el interior de Melanie. Desde el momento en que había vuelto a la vida varias semanas atrás, había sabido en lo más hondo de su corazón que aquella alegría estaba esperándola. Había tratado de huir, pero no había escapatoria. Aquel hombre, que una vez había sido su enemigo, era el mismo que anhelaba su corazón, el único que podía lograr que su cuerpo se estremeciera de deleite. Ya no quería escapar. Deseaba abrirle el corazón, la mente y el cuerpo, deseaba ser lo que él quisiera con tal de poder ser suya.

Le ofreció su boca, abriendo los labios para invitarlo y abrazarlo en un gesto de afirmación y posesión. Giles lo comprendió y conquistó sus labios, explorando el interior suave con pequeños movimientos de la lengua que hacían brotar chispas de placer en el cuerpo de Melanie.

Había olvidado lo que era ser besada con ternura

y alegría. O no, no lo había olvidado porque nunca lo había conocido. El egoísmo torpe que con Oliver había confundido con amor, era todo lo que ella conocía de las relaciones entre hombre y mujer y la habían dejado sin ganas de más. Ahora estaba aprendiendo que un hombre podía refrenar su deseo, buscar sutilmente las respuestas de la mujer, esperar a que ella estuviera lista para codiciar más. Estaba aprendiendo que su propio deseo podía arrastrarla como una ola, para disfrutar de la libertad que le brindaba que Giles se dominara. Liberada de la atmósfera de petulancia impaciente que había frustrado su única experiencia anterior, podía relajarse y dejar que su corazón y su alma gozaran de aquella delicia.

Giles se apartó para contemplarla tumbada sobre los cojines. Sus ojos resplandecían.

—He sido un idiota —murmuró—. Tenía celos de Jack Frayne. Dime que no tenía por qué.

—No tenías por qué.

Melanie rió con un intenso placer al descubrir que Giles podía sentir celos por ella.

—Lo sé. Eso creo al menos. Pero quería oírlo de tus labios.

—No tienes motivos para estar celoso de nadie —dijo ella fervientemente—. Ninguno.

—¿Aunque él sea un «Adonis»? —preguntó él y ella negó con la cabeza—. ¿Aunque tenga un encanto al que ninguna mujer puede resistirse?

—Tenías razón —musitó ella—. Eres un auténtico idiota.

Melanie lo atrajo hacia sí y, aquella vez, fue ella quien lo besó. Movió los labios sensualmente, embebiéndose de la firmeza y sensualidad de su boca, del olor maravilloso a sol a viento y a virilidad.

Con manos suaves, Giles desabrochó los botones de su blusa y la abrió para descubrir sus senos. Las caricias de sus dedos eran suaves pero, aun así, provocaban estallidos de fuego en ella que le hacían jadear y arquearse en una expectación impaciente. La acarició con suavidad, jugueteando con sus pezones hasta que se irguieron convertidos en dos pináculos de deseo antes de inclinar la cabeza para tomar uno entre sus labios. Melanie gimió de placer y enredó los dedos entre su pelo, dejándose llevar completamente por aquella sensación exquisita. Unos pequeños temblores de placer sacudían su cuerpo acompañando a los movimientos hábiles de aquella lengua. En sus entrañas estaba sucediendo un milagro, disipando las tristezas de años, resucitándola con la promesa de la vida.

Y entonces, Giles lo echó todo a perder.

—Melanie... Mi dulce y perfecta Melanie.

Con la palabra «perfecta» una pequeña nube apareció en su conciencia. Melanie intentó ignorarla pero siguió creciendo hasta que se cernió amenazadora y oscura sobre ella. Sabía que distaba mucho de ser perfecta. Lo había engañado y estaba obligada a seguir engañándolo. Le hubiera dicho la verdad de todo corazón, pero no se atrevía. Y su conciencia se había aferrado a aquella terrorífica palabra, dándole vueltas en su cerebro, matando la pasión de su cuerpo que, poco a poco, era reemplazada por el miedo.

Giles notó su distanciamiento interno y levantó la cabeza. Jadeaba, pero no había perdido el dominio de sí.

—¿Qué pasa? —preguntó con voz ahogada—. ¿Qué te ocurre?

—Nada —dijo ella en un hilo de voz mientras sentía que aquel momento precioso se le escapaba.

—Sí, pasa algo malo. Noto cómo te apartas de mí.

Se separó de ella rápidamente, como si se sintiera más seguro a cierta distancia. Melanie se abotonó la blusa. Le desesperaba lo que había sucedido. Era su culpa y no podía hacer nada.

—¿Qué es, Melanie? —preguntó él con calma—. Y no trates de decirme que no pasa nada. ¿Es por David? ¿todavía estás preocupada por él?

—Sí... No... No es por David. Sé que soy una tonta, pero...

—No —dijo él en seguida—. No creo que seas tonta. He ido demasiado deprisa para ti, ¿verdad? Es que... te has convertido para mí en... No, dejemos eso. Sé que en tu pasado ocurrió algo que te ha herido profundamente. No sé lo que es porque todavía no confías en mí lo suficiente como para contármelo, pero espero que algún día puedas decírmelo. Mientras tanto, lo último que quiero es volver a hacerte daño. Así que vamos a dejarlo aquí, por el momento.

Melanie podría haber llorado ante su comprensión. Cuando lo miró a la cara, el deseo había desaparecido dejando tras de sí sólo calor y ternura.

—Esperaré hasta que estés preparada —dijo él—. Pero cariño, no me hagas esperar demasiado.

Melanie no le respondió con palabras, sino con un beso para darle confianza. Se quedaron abrazados, durmiendo a ratos, hasta que llegó el amanecer y pudieron ver a través de la ventana el Margarita a lo lejos. Giles la tomó de la mano y juntos corrieron al encuentro de David que les saludaba desde la proa. El yate atracó en seguida y el niño corrió por la orilla para lanzarse a unos brazos que lo esperaban abiertos y se cerraron en torno a él, de modo que los tres se convirtieron en uno.

Capítulo Siete

Melanie aparcó el coche que Giles mantenía para su uso y rodeó la casa para entrar por la terraza. Iba cargada de paquetes porque, desde que habían regresado de Italia, había empezado a equipar a David para el próximo trimestre escolar. David se había convertido en un niño más feliz, más confiado con su padre, aunque mantenía una cierta cautela que le hacía refugiarse en Melanie, como si temiera que le volvieran a arrebatar todo de un momento a otro.

Había visto un coche desconocido aparcado delante de la casa y Melanie supuso que Giles tenía visita y no quería que lo molestaran. Cuando entró, le llamo la atención la voz furiosa de Giles que salía de su despacho.

—Espero que te des cuenta del efecto que esto tendrá sobre David —decía él—. Ya te he dicho los trastornos que le ha causado.

Respondió una mujer, con un tono de voz hastiado y petulante.

—Y yo te he dicho por qué pienso que una ruptura limpia sería mejor para todos.

Melanie se quedó helada. Después de ocho años aún recordaba aquella voz gélida y tan satisfecha de sí misma. Unos escalofríos de horror recorrieron su espina dorsal cuando se dio cuenta de que sólo unos metros la separaban de Zena, la única persona que podía identificarla y destruir todo su mundo.

—Querrás decir que es lo mejor para ti —dijo Giles con amargura—. Seamos sinceros. Tu chico guapo

88

no quiere soportar la molestia que supone un chiquillo, ¿no? Apuesto a que te ha hecho prometer que te desharías de David antes de casarse contigo.

—Si con chico guapo te refieres a Anthony, no. ¿Por qué tendría que quererlo? ¿Y por qué tendría que quererlo yo? Eras tú el que deseabas tener un hijo, yo no.

—Has sido la madre de David durante ocho años. Se le rompió el corazón cuando te fuiste. Al menos, podrías tener la decencia de verlo de vez en cuando, hacer que sea más fácil para él. Quiero que esperes y conozcas a Melanie.

—¿De verdad crees que es necesario?

—Tienes el corazón de piedra, Zena. Sin embargo, lo que Melanie tiene que contar incluso a ti te conmovería. Si supieras cómo ha estado David en estos últimos meses. Si supieras lo mucho que te echa de menos.

—De acuerdo, si no queda más remedio...

Conteniendo el aliento, Melanie comenzó a retroceder de puntillas, los ojos fijos en la puerta abierta del despacho. Mientras retrocedía, rezaba para que nadie saliera y la descubriera. Sus plegarias fueron escuchadas. Llegó a las puertas de la terraza, se dio la vuelta y corrió al garaje. Se las arregló para sacar el coche en silencio y se alejó de allí tan rápidamente como se atrevió.

Pero sabía que sólo había conseguido un respiro momentáneo. No se atrevía a volver a la casa mientras existiera la posibilidad de que Zena siguiera allí y eso significaba mucho tiempo.

Algún día tendría que decirle a Giles la verdad. Pero aún era demasiado pronto y ni siquiera sabía por dónde iba a empezar. Sólo Dios sabía las consecuencias que acarrearía su confesión para la frágil red de amor y confianza que se entretejía entre ellos.

Pasaron tres horas antes de que Melanie volviera

y, con todo, se aseguró de que el coche de Zena había desaparecido. El coche de Zena ya no estaba, pero había otro en su lugar. Era evidente que acababa de detenerse porque una mujer de mediana edad bajaba en aquel momento. Giles apareció en la puerta y frunció el ceño al verla.

—Buenas tardes, señora Braddock —dijo fríamente.

—He venido a ver a David —anunció ella en un tono igualmente gélido.

La cara de Giles se iluminó al ver a Melanie y se apresuró a su encuentro.

—Me temo que David no se encuentra aquí ahora mismo. Ha ido a pasar la noche en casa de un compañero de la escuela.

Giles las hizo pasar y realizó las presentaciones.

—Esta es Melanie Haynes, la señorita que cuida de él.

La señora Braddock miró a Melanie de arriba abajo, tomando nota de su juventud y de su atractivo y ofendiéndose por ambas cosas. Estrechó la mano que Melanie le ofreció pero no condescendió a saludarla.

—Llamé la semana pasada —dijo con una pronunciación precisa que zumbó en los oídos de Melanie—. Tampoco estaba aquí, ninguno de ustedes estaba —añadió, dejando claro que lo consideraba un hecho altamente sospechoso.

—Estábamos de vacaciones —dijo Melanie, tratando de ser lo más amable posible—. Fuimos a navegar a un lago italiano. David se lo ha pasado como nunca.

—¿De verdad? ¿Y qué piensa del nuevo matrimonio de su madre?

Giles contuvo el aliento y miró a Melanie. Los dos se preguntaban cómo había podido obtener la señora Braddock aquella información y qué uso estaba dispuesta a hacer de ella.

—No pareció particularmente contrariado cuando se lo dije —intervino Giles—. Sabe que nuestra ruptura es definitiva y ha adquirido una fuerte relación cariñosa con la señorita Haynes.

—¡Hum! Cuando dice que no se mostró contrariado, ¿se refiere a que no reaccionó? Eso puede ser una señal peligrosa en un niño perturbado....

—No, no es eso lo que quería decir —dijo Giles, pálido de ira—. David se lo tomó con naturalidad. De hecho, el fin de semana que viene va a pasarlo con Zena y con su esposo. Le aseguro que se está adaptando muy bien a tener dos hogares.

—Eso habrá que verlo. Tendré que seguir monitorizando la situación, pero debo decirle que no estoy satisfecha.

La vieron marcharse y ninguno de los dos habló hasta que no se hubo perdido de vista.

—Esa mujer me da miedo —dijo Giles.

—Y a mí. Está llena de prejuicios.

—¿Por qué has tardado tanto? Ha venido Zena y le he pedido que esperara para que hablara contigo, pero llegas con horas de retraso.

—Lo siento. Me puse a conducir... Es un coche tan bueno... y creo que me perdí.

«Otra mentira», pensó ella, sintiendo su peso como una carga aplastante. «Tengo que decírselo pronto. Es mi deber».

—¿De verdad vas a dejar que David pase el fin de semana con ellos? —dijo en voz alta.

—No me puedo negar. Pero no sé qué efecto tendrá en él y con la señora Braddock «monitorizando la situación»... ¡Demonios! Bésame, Melanie.

Giles la estrechó entre sus brazos sin aguardar su repuesta y ella se dejó llevar llena de alegría.

—No soporto que llegues tarde a casa —murmuró él entre los besos—. Estoy tan apegado a ti como David. ¿Cómo logras soportarnos a los dos?

Melanie no respondió, no hubiera sabido qué decir.

Tanto Giles como Melanie esperaban que David estuviera encantado con la idea de ir a pasar el fin de semana con Zena y su nuevo marido, pero su reacción fue más complicada. Al principio pareció que estaba deseando ir, pero al momento siguiente se aferró a Melanie, haciéndole prometer que esperaría hasta que él volviera.

—¿Me dejas llevarme una foto tuya? —pidió él.

—No tengo ninguna, cariño.

—Papá tiene una cámara. Podemos hacernos una.

—No hay tiempo.

—Sí que hay...

Melanie se sintió encantada. Era maravilloso saber que David quería llevar consigo su imagen, pero no se atrevía a darle una foto. Enseguida, se las arregló para quitárselo de la cabeza pero se preguntaba cuánto tiempo más conseguiría mantener aquella situación. Evidentemente estaba convirtiéndose en una madre alternativa para David, pero hasta qué punto era un asunto serio para él, no lo descubrió sino la mañana en que debía ir de visita a casa de Zena.

Melanie estaba en la habitación de David, metiendo en su bolsa las últimas cosas, cuando abrió un cajón y se quedó con la boca abierta.

—¿Qué pasa? —preguntó Giles que entró en aquel momento.

—Estas cosas —dijo aturdida, levantando algunos objetos—. Mi pendiente, mis guantes. Los he buscado por todas partes.

—¡Dios mío! —gimió Giles—. Ha vuelto a robar. Creí que lo había superado. ¡David!

—No, Giles. Espera...

—No puedo pasárselo, Melanie.

—No lo asustes. No creo que sea lo que parece a primera vista.

—Robar es robar. No hay ninguna excusa —dijo en el momento en que David aparecía—. ¿Has guardado tú estas cosas?

David asintió en silencio.

—¿Por qué, cariño? —se apresuró a intervenir Melanie—. No tengas miedo. Sólo queremos entenderlo.

El niño tenía lágrimas en los ojos.

—Quería tener algo tuyo —susurró—. Tú no querías darme una foto y me guardé otras cosas.

—Pero tendrías que haberlas pedido —dijo Giles con voz suave, para alivio de Melanie—. Guardarse las cosas de los demás sin pedir permiso está mal.

—Pero tú lo haces —sollozó David.

—¿Desde cuándo robo cosas? —preguntó Giles atónito.

—Te guardaste el pañuelo de Melanie. El que perdió en Italia. Dijiste que se había caído al agua pero todo el rato lo tenías tú.

Giles abrió la boca y volvió a cerrarla. Melanie lo miró.

—¿Tienes mi pañuelo?

—Bueno, yo... sí..., es que me lo encontré.

—Pero no me dijiste que lo habías encontrado —le recordó ella. Sin embargo, al verlo sin habla, se apiadó de él—. ¿Por qué no me esperas abajo? Yo iré enseguida.

—¿Soy malo, papá? preguntó David antes de que se fuera.

—Los dos lo somos —sonrió Giles.

Cuando Giles se marchó, Melanie se dirigió al niño.

—Puedes quedarte con una cosa, elige lo que prefieras.

—Los guantes —dijo David en seguida—. Huelen

como tú. Por eso papá quería el pañuelo. He visto cómo se lo ponía en la nariz.

—¿De verdad, cariño?

—¿Por qué papá no te pidió permiso para quedárselo?

—Quizá porque no sabe cómo pedirlo. A veces la gente tiene sentimientos que les confunden y les resulta muy difícil hablar de eso.

Mientras hablaba se preguntó a qué sentimientos se refería, si a los de Giles o a los suyos. Estaba a punto de seguir la explicación cuando vio que David asentía comprendiéndolo perfectamente.

«Por supuesto», pensó. «A él le resulta muy difícil hablar de casi todos sus sentimientos».

—¿No vienes con nosotros? —preguntó Giles cuando estaba a punto de irse con David—. Creí que te gustaría hablar con Zena...

—Giles, es la peor idea que has tenido en toda tu vida. Hazme el favor de mantenerme separada de Zena. Mi relación con David no tiene nada que ver con ella.

—Tienes razón —dijo él después de pensarlo un momento—. No tardaré mucho.

Besó a David y se quedó mirando el coche mientras se alejaba por el camino. La señora Wade se estaba quitando el delantal.

—Acabo de terminar. ¿Le parece bien si me voy un poco antes? Le he prometido a Sylvia que la llevaría al Museo de Cera. Está decidida a ver la Cámara de los Horrores.

Melanie se echó a reír.

—No se preocupe. Nos veremos el lunes.

Sin embargo, cuando se quedó sola, su humor cambió. Giles no tardaría en volver y entonces hablarían de... ¿de qué? Había conservado su pañuelo para poder olerlo. Aquel gesto denotaba algo más que mera pasión. Para un hombre como Giles aquello era prácticamente una declaración de amor y Melanie sintió que se le henchía el corazón de alegría.

Sin embargo, no estaba segura de atreverse. Los riesgos eran enormes, pero...

Subió a su cuarto y comenzó a ordenarlo con movimientos mecánicos mientras su mente vagaba sin rumbo fijo. Había sido una ilusa al pensar que la situación iba a permanecer inalterable. Si Giles no se hubiera volcado hacia ella se habría volcado hacia cualquier otra mujer y su posición se hubiera visto igualmente amenazada. El sentido común le dictaba que debía aprovechar la oportunidad y casarse con él mientras fuera posible.

Pero no quería utilizar el sentido común con Giles. Deseaba que en aquello sólo interviniera el amor, libremente entregado, libremente aceptado. Quería que hubiera pasión y felicidad y confianza. Y ahí radicaba el problema, si dejaba que aquella situación se prolongara, tendría que decirle la verdad y en el momento en que hablara la confianza se haría añicos.

El riesgo era excesivo. Cuando Giles volviera, tendría que desanimarlo con un discurso frío sobre la necesidad de comportarse de un modo razonable. Empezó a ordenar las palabras sin hacer caso del dolor que oprimía su corazón, había llegado demasiado lejos como para arriesgarlo todo ahora.

Estaba tan absorta en sus pensamientos que no oyó su coche, ni sus pasos en la escalera. Llegó corriendo a buscarla, pero se detuvo en la puerta de la habitación.

—Giles, he estado pensando y...

Pero al ver la expresión de su rostro, Melanie se quedó sin palabras. Sólo podía mirarlo con amor.

—Melanie —dijo él con torpeza—, respecto al pañuelo...

Ya no pudo decir más, Melanie se arrojó a sus brazos. Todo el sentido común que tanto le había costado conseguir se derrumbó cuando se entregó feliz al beso que tanto ansiaba. Era maravilloso sentirse abrazada por aquel hombre fuerte pero vulnerable.

Entonces, notó que él se dominaba y se apartaba para mirarla a la cara. Giles también tenía la ansiedad dibujada en el rostro y de repente, Melanie comprendió.

—Está bien, amor mío. Esta vez es distinto. ¡Oh, Giles! No puedo vivir lejos de ti.

—¿Y por qué íbamos a separarnos?

—Porque... hay cientos de razones.

—No hay nada que pueda interponerse entre nosotros —dijo él emocionado—. Me gustaría que no hubiera más secretos, me gustaría que confiaras en mí lo bastante como para confiarme tus pesares, pero ahora no me dan miedo. No pueden cambiar nada entre nosotros.

Giles la abrazó otra vez antes de que ella pudiera responder y en la dulzura de sus besos, Melanie se olvidó de todo excepto del momento.

Giles la depositó sobre la cama mientras descargaba una lluvia de besos pequeños sobre su cara y su cuello. Ella pronunció su nombre entre jadeos, en una excitación febril mientras sentía que su deseo se inflamaba para igualarse al de él. Aquella vez fue ella quien se desabotonó la blusa, impaciente por sentir sus manos expertas sobre la piel. Cada centímetro de su cuerpo ardía esperándolo y gimió cuando sintió las caricias en los pezones.

La lengua comenzó un movimiento lánguido y circular que casi la volvió loca en aquel mismo instante. Melanie supo que aquello no era suficiente. Lo quería entero, completamente.

Melanie le desabrochó los botones con dedos decididos y apremiantes. Giles parecía atónito pero luego la sorpresa fue sustituida por el deleite y empezó a desnudarse. Entonces, desaparecieron todas las barreras y sólo fueron ellos dos, desnudos, libres para ser ellos mismos y entregarse el uno al otro.

—He soñado con verte así —murmuró él contra su boca—. Había empezado a creer que nunca sucedería, que no me deseabas

—Te deseaba, pero no era el momento.

—¿Y ahora sí?

—Ahora sí —dijo ella fervientemente.

Y como si aquellas palabras fueran la señal, Giles profundizó su beso, introduciendo la lengua entre sus labios y comenzando una exploración decidida de su boca. Sus movimientos eran lentos pero precisos y Melanie se entregó al hombre cuyos menores gestos proclamaban que era un amante experimentado. Podía confiar en él aunque la marea de excitación que se levantaba en su cuerpo fuera más fuerte que nada de lo que había conocido. Mientras sus brazos la sostuvieran con tanta ternura y su boca la incitara con tanta sabiduría, Melanie sabía que se encontraba a salvo.

Conforme creció su confianza, empezó a acariciarlo, aceptando el placer de sus caricias y encontrándolo en la forma y tacto de su cuerpo. La ardiente insistencia del deseo viril le encantó e hizo que ganara confianza en su propia feminidad. Con cada caricia apasionada Giles le decía que era especial, que era la mujer que podía arrastrarlo a las más altas cimas y con toda su alma, Melanie deseó ser esa mujer.

Deseaba todo lo que estaba pasando, el círculo de acero de los brazos que la protegían como si de verdad supieran lo vulnerable que era. Deseaba aquella sensación de hallarse atrapada en algo demasiado fuerte para ella. Durante años había tenido que imponerse un control férreo, pero ahora podía olvidarse de ese control y gozar con la libertad de algo contra lo que era incapaz de resistirse. La mujer reservada y tensa que había sido en su primer encuentro había descubierto las alegrías de la intrepidez. Y fue Giles quien le ofreció el don de la libertad sin ataduras.

Melanie empezó a moverse con soltura entre sus brazos, ofreciendo el cuerpo a su amor, dejando escapar sonidos incoherentes y, en ocasiones, exclamaciones y jadeos de placer y sorpresa. Todo en la manera de hacer de Giles era una revelación de lo que podía ser el amor. Melanie aprendió que la pasión podía ser generosa al tiempo que ardiente, tierna y paciente en el preciso instante de más feroz urgencia. Giles entró en ella pausadamente, dándole tiempo para que se adaptara a él. Y nunca faltaba su sonrisa, rebosante del mismo deleite y maravilla que ella sentía. Aunque, no obstante, Giles también hizo sus descubrimientos.

—Amor mío —susurró él—. Melanie, mi amor...

Aquellas palabras la liberaron de sus últimas inhibiciones. Con un grito de alegría, apretó a Giles contra sí, diciéndole sin palabras lo mucho que lo deseaba. Él lo comprendió y los embates lentos y potentes se hicieron más profundos, más intensos, como si con cada uno de ellos hubiera querido decir que ella le pertenecía, que era suya y de ningún otro. Melanie recibió el mensaje con felicidad y respondió con movimientos estusiastas de sus nalgas. Todos los problemas se esfumaron, sólo existía aquella magia atemporal y plena de alegría. Ella extendió unas manos anhelantes para tomar lo que se le ofrecía y en el mismo instante el mundo se puso al rojo, girando en torbellinos que la atraparon en un movimiento sin fin hasta que se moderaron y pudo volver a ser ella misma.

Giles la abrazó fuertemente hasta que Melanie se tranquilizó. Ella lo miró con ojos brillantes y le acarició la cara, exhausta y completamente feliz.

Capítulo Ocho

Melanie se despertó entre los brazos de Giles. Una luz débil se colaba en la habitación. Se soltó con cuidado y se sentó en la cama a mirarlo. En la pasión de la noche, la sábana había caído al suelo y ahora le permitía disfrutar de su magnífica desnudez. Yacía cuan largo era, con un brazo por encima de la cabeza, los rasgos severos suavizados y su cuerpo duro y musculoso relajado con el sueño.

Melanie deseó acariciar todo su cuerpo, pasar la mano sobre aquellas nalgas cuyo vigor le había proporcionado un placer tan intenso, sobre aquellos muslos potentes. Pero no quería arriesgarse a despertarlo, se modo que se contentó con un festín para sus ojos.

Melanie ya no era la misma que había sido unas cuantas horas antes. Entre la magia de sus brazos, aquella criatura tensa e insatisfecha se había ido para siempre y había sido sustituida por otra que se sentía verdaderamente mujer por primera vez.

La voz sonó a sus espaldas, adormilada, satisfecha y contenta.

—Vuelve aquí en seguida.

Melanie se volvió moviéndose con una lentitud grácil, consciente de que sus ojos la acariciaban y se quedó de pie mirándolo. Con un gruñido, Giles la agarró y tiró de ella.

—He dicho que vengas aquí.

Melanie cayó encima de él riendo y luchó sin

demasiado entusiasmo hasta que él la hizo prisionera en el círculo de sus brazos.

—A ver si ahora puedes escaparte.

Melanie volvió a debatirse, gozando de la sensación de sentir su piel desnuda en todo el cuerpo. Giles la dominó con facilidad y la miró a los ojos sonriendo.

—¿Te rindes?

—¡Hum! —ronroneó ella, frotando la cara contra su pecho—. Cuando tú quieras.

Giles no dijo nada más. La sesión de lucha libre los había excitado a los dos y comenzó a besarla impulsivamente, mientras acariciaba todo su cuerpo, despertando temblores exquisitos. La noche anterior habían empezado a conocerse como amantes. Todavía tenían mucho que aprender en los años que les quedaban por vivir, pero ya no eran dos desconocidos. Los instintos de Melanie estaban vivos para Giles. En sus entrañas, conocía las pequeñas caricias que a él le gustaban, las conocía a un nivel inconsciente que hacía que su cuerpo se moviera al ritmo del de Giles como si fueran uno solo.

Melanie le pasó las manos por el pecho y bajó por las caderas con la soltura de una seductora consumada. Aquel también era uno de los secretos de la pasión que le habían sido revelados, la seguridad de que podía acariciar y excitar a su amante, tocándolo en sitios que lo dejaban indefenso ante ella. Los temblores que lo sacudían bajo sus manos le proporcionaban a Melanie un placer especial. Giles la deseaba. No podía evitar responderle y ella se maravillaba de aquel nuevo poder.

—Mi amor... —murmuró ella—. Mi amante... mi amor....

Unas palabras dulces que sus labios jamás habían pronunciado. Jadeó de deleite al sentir que sus labios se apoderaban de un pezón. Giles lo acarició suavemente, provocando chispazos eléctricos en sus venas, haciendo que todo su cuerpo vibrara de excitación.

—Sí... —murmuró ella extasiada.

—Tenemos muchas cosas que descubrir juntos —susurró él—. Ven conmigo.

—Iré donde tú quieras...

Melanie le pasó las manos por el pelo espeso y fuerte. Le gustaba cualquier parte de él. Arqueó el cuerpo, entregándose completamente a lo que estaba pasando. Había estado tanto tiempo muerta para los sentidos que casi era escandaloso descubrir con cuánta facilidad podía excitarse. Aquella primera noche de amor la había transformado en la mujer que la naturaleza había querido que fuera, profundamente sensual, impaciente por explorar. Quería aprenderlo todo, pero sólo con aquel hombre.

Melanie separó las piernas y lo condujo sobre su cuerpo, animándolo a entrar en ella y gritando al conseguirlo. Empujó con las nalgas contra él, gozando de aquella sensación de unidad y él la amó con más vigor del que se había atrevido a emplear antes, sabiendo que ahora estaba preparada. Cuando llegó el momento, Melanie lo rodeó posesivamente con las piernas mientras el placer les lanzaba a alturas desconocidas.

Giles la miró con adoración.

—¿Qué tal? —dijo con una chispa de humor.

Melanie sonrió pícaramente.

—Vamos a desayunar. Me muero de hambre.

Giles se echó a reír y se volvieron a abrazar durante un largo rato.

Con la casa a su disposición, eran libres para ir vestidos o desnudos, como quisieran. Melanie bajó a la cocina con una camisón corto y unas zapatillas.

Giles fue a por el correo que había sobre el felpudo, lo dejó en su despacho y cerró la puerta. Después se reunió con ella en la cocina para saborear los entremeses que había preparado. Estaban comiendo cuando sonó el teléfono.

—Supongo que nunca puedes olvidarte del mundo por completo —se quejó ella.

—¿Ah, no? Fíjate bien.

Ante la mirada fascinada de Melanie, Giles salió al vestíbulo y conectó el contestador automático.

—Pero, supón que es importante —objetó ella.

—Escucha.

El contestador había grabado la llamada y oyeron una voz apremiante.

—Giles, necesito hablar contigo. Van Lyman llega mañana. Cuando recibas este mensaje intenta localizarlo...

—Van Lyman va a tener que apañárselas sin mí —dijo Giles abrazándola.

—No se rendirán tan fácilmente —profetizó ella—. Lo intentarán con el móvil.

—Lo he desconectado —dijo él con una sonrisa.

—¿Has desconectado tu teléfono móvil? —preguntó ella, exagerando cómicamente—. ¿Te das cuenta de que has perdido todo contacto con el mundo? ¡Ah, no! Siempre queda el fax.

—Tiene puesto el automático. Puede transmitir papel hasta quedarse vacío pero, ¿quién dice que tengo que leerlo?

—Estás loco —dijo ella echándose a reír.

—Justamente. Magníficamente loco y disfruto de cada momento de mi locura. ¿A quién le interesa estar cuerdo?

Pasaron el día haciendo todas las tonterías posibles. Si tenían hambre, comían cereales con cualquier cosa que no necesitara mucha elaboración. Se acurrucaban en el sofá a ver programas de televisión. A Melanie le encantaba hacer que Giles se riera. Se reía como un hombre que acabara de descubrir cómo se hacía y el sonido de sus carcajadas llenaba el corazón de Melanie de ternura.

A última hora de la tarde, Melanie se recostó sobre él y hojeó una revista de televisión.

—A ver lo que hay. Supongo que lo mejor será «Mi pasatiempo preferido», otro programa de contenido altamente intelectual.

Giles bostezó y se desperezó.

—No puedo aspirar a nada tan elevado por el momento. Mi cerebro tiene la consistencia del puré de guisantes.

Melanie lo pellizcó.

—Por eso has fallado en la última respuesta —se burló ella.

—Nada de eso. La he contestado bien —respondió él indignado.

—Pues Maxie Derwent y su «Gente Encantadora» no opinan lo mismo.

—Maxie, «Gente Encantadora», Derwent lleva una chaqueta de lentejuelas —dijo él, como si aquello sentenciara la discusión.

—¿Y qué tiene que ver?

—Bueno, ¿qué se puede esperar de un tipo que lleva una chaqueta de lentejuelas?

—Tenía razón en lo del *Patito Feo* —insistió ella.

—No tiene la menor idea del *Patito Feo*. Y tú tampoco —respondió Giles ofendido.

—¡No sabes perder!

—No he perdido, pobre criatura. No he perdido.

—¿Por qué tenemos que discutir por todo?

—Porque sé que tengo razón. Venga, quítate de en medio. Vamos a mirar en la enciclopedia.

Sin dejar de reñir jocosamente, tomaron un tomo y buscaron los cuentos de Hans Andersen. Hubo un momento de silencio.

—Vale. Me he equivocado, ¿y qué? —dijo Giles—. Pero ese tipo no tiene ni idea de... ¡Oye, estáte quieta!

—¡Tienes cosquillas! —canturreó ella encantada—. ¡Ah, que tienes cosquillas!

—Pues sí, y si no te estás quieta, te arrepentirás.

Giles le sujetó las manos con firmeza y contempló su rostro sonriente con ternura y pasión. Lentamente, fue acercándose a sus labios. Hubo un nuevo silencio que se prolongó mucho tiempo. Luego, Giles alzó la cabeza y habló con voz trémula.

—¿Hacemos el amor o comemos algo?

—Comemos algo —dijo ella, sonriendo.

—No tienes corazón —se quejó él mientras la seguía a la cocina.

—Cuando tengo el estómago vacío, no.

Melanie preparó unas tortillas que devoraron antes de subir al dormitorio y acostarse abrazados y felices.

—¿Qué ha sido ese ruido? —preguntó ella cuando ya se estaban quedando dormidos.

—Has sido tú, no disimules. ¿Ves? Acabas de hacerlo otra vez. ¿Se puede saber de qué te ríes?

—De ti. El gran especialista en cuentos de hadas. Si existe un hombre en el mundo del que podía esperar que lo ignorara todo sobre los cuentos de hadas, ése eras tú. Dime, ¿cómo te convertiste en erudito?

—Mi madre solía leerlos y yo la escuchaba.

—¡Vaya! Eso evoca unas noches en familia encantadoras.

—No del todo. Se los leía a mi hermana Alice. Yo me quedaba al otro lado de la puerta a escuchar a hurtadillas.

—¡Qué cosa más triste! ¿Por qué no entrabas?

—No estaba invitado —dijo él encogiéndose de hombros—. Yo tenía cuatro años más que Alice y se suponía que era demasiado mayor para eso. En realidad, no era por los cuentos en sí, sino que mi madre se los leyera. A veces me asomaba y la veía sentada en la cama, con mi hermana apoyada sobre su costado. Me parecía que estaban encerradas en una burbuja dorada en la que no se admitían extraños.

—¡Extraños! Pero si eras su hijo.

—Mi madre era una de esas mujeres que sólo podía amar a una persona a la vez. Alice consiguió todo el cariño —dijo con otro encogimiento de hombros—. A mí no me importaba.

—¡Seguro que no! Te importaba tan poco que las espiabas por la rendija de la puerta.

—Se suponía que a los niños no debían importarles esas cosas, de modo que me convencí a mí mismo de que no merecía la pena. Después de un tiempo llegué a creérmelo.

—¿Nunca se le ocurrió leer para ti?

—Se lo pedí una vez. Me dijo que sí, pero entonces Alice la llamó y ya no volvió. Me quedé dormido esperándola. ¿Cómo hemos llegado a esto? —preguntó él disgustado—. Eso pasó hace muchos años.

—Ven aquí —dijo ella, atrayéndole hacia sí.

El beso que le dio rebosaba de ternura y consuelo.

Se durmieron abrazados. Cuando despertó, Melanie se lo encontró apoyado en un brazo, mirándola.

—Eres completamente distinta de las mujeres que conozco —susurró él con una sonrisa irónica—. A cada momento temo hacer o decir algo mal. ¿Es demasiado pronto para decirte que te quiero?

—Nunca es demasiado pronto para decir eso, amor mío.

—¿De verdad que no? Si lo hubiera dicho en Italia, ¿habrías estado preparada para oírlo? Me parece que no. Te comportabas de un modo muy extraño, estabas muy nerviosa. Y cada día que pasaba me enamoraba más de ti —dijo él sonriendo—. Casi asesino a Jack Frayne cuando dijiste que era un Adonis con mucho encanto.

Melanie le impuso silencio cubriendo sus labios

con la boca. Entonces él la estrechó entre sus brazos, disfrutando del milagro de tenerla.

—Dime que me quieres —suplicó.

A Melanie se le aceleró el pulso al llegar a aquel momento decisivo. Algo le decía que era la ocasión de contarle la verdad. Ahora, cuando sus corazones y sus mentes estaban abiertos y unidos, podía decirle cualquier cosa y sólo serviría para unirlos más aún. Tomó aliento...

—¿Sabes una cosa? —dijo él en un hilo de voz—, Casi no puedo creer que me esté pasando esto de verdad. Que tú me quieras, es increíble.

—¿Por qué increíble, amor mío?

—Por que no me considero un hombre que pueda inspirar amor. Nadie me ha querido de todo corazón nunca. Ni mi madre, ni Zena... Nadie, hasta que apareciste tú. Mis padres se divorciaron cuando yo era más pequeño que David. Mi madre luchó por la custodia de Alice y mía, pero no tardé en darme cuenta de que sólo me quería para vengarse de mi padre. Para él, yo era el heredero de Haverill & Hijo y eso le daba a mi madre un arma con la que hacerle daño. No es lo mismo que te quieran por ti mismo.

—Durante años he intentado negar la realidad porque es duro admitir que tu propia madre no te quiere. Pero, cuando me obligué a analizar el modo en que trataba a Alice y cómo se portaba conmigo, me vi obligado a reconocer la verdad.

»Y, cuando llegué a adulto, conocí a Zena. Me dijo que estaba embarazada, pero después de la boda descubrí que había sido una mentira. Ella sabía desde el principio que no podía tener hijos. Sin embargo, me engañé a mí mismo. Me dije que debía quererme mucho para sentirse tan ansiosa de casarse conmigo, aunque en el fondo de mi corazón, siempre supe que era el dinero de la familia lo que perseguía.

—Por eso el amor de David ha sido tan importante para mí. Ha sido el único que no me ha utilizado para sus fines —dijo con una carcajada amarga—. Supongo que me puse un poco paranoico. Empecé a preguntarme si no era alguna especie de monstruo, si no había algo en mí que todos podían ver menos yo.

Giles acarició el rostro de Melanie lentamente, como si no dejara de maravillarlo.

—Pero entonces apareciste tú, besaste al monstruo y se convirtió, ya no en un príncipe, sino en un hombre como los demás, con un corazón capaz de amar.

—He sabido desde el primer momento que eras dulce y sincera, lo mejor que podía pasarme. Me lo dice el corazón. Esta vez, sé que no me engaño. Dime que es verdad, deja que te lo oiga decir.

No obstante, Melanie era incapaz de articular palabra. Las lágrimas le nublaban la vista. Aquel hombre orgulloso le había confesado su secreto más hiriente con toda humildad. Melanie odió a la madre cuya indiferencia egoísta lo había condenado a buscar el amor a ciegas, un amor que debía haberle correspondido por derecho propio. Y odió aún más a la esposa que lo había cazado con promesas de felicidad sólo para abandonarlo al conseguir lo que quería. Las dos mujeres que debían haberlo amado, lo habían dejado creyéndose indigno de ser querido.

Pero entonces, horrorizada, se dio cuenta de que no era el momento de hacer su confesión. Si Giles llegaba a averiguar la verdad, ¿cómo iba a convencerlo de que ella lo amaba por sí mismo y por cómo trataba a David?

Sabía que la miraba con unos ojos rebosantes de ansiedad y se dio cuenta de que la confesión tendría que esperar. En aquel momento, lo único que importaba era darle seguridad, brindarle la gloria de saberse un hombre que era amado por sí mismo.

—No necesitas que te diga que te quiero —dijo ella—. Lo sabes cada vez que te miro. Tiene que brillar en mis ojos. A veces, tengo que volver la cabeza por temor a lo que puedas adivinar. He luchado tanto para...

—¿Por qué, mi vida? ¿Por qué tienes que resistirte?

—No puedo decírtelo todavía. Sólo que, no me parecía una buena idea enamorarme de ti. Sin embargo, no he podido evitarlo. Eres el hombre al que amo, a pesar de todo.

—¿Cómo que a pesar de todo? —repitió él estupefacto—. Lo dices como si nuestro amor pudiera ser dañino.

—No puede haber nada malo en el amor que siento por ti —dijo ella seriamente—. Siempre que tú creas que es cierto. Si no olvidas nunca que te quiero, estaremos a salvo.

—Entonces, estamos a salvo —dijo él tratando de comprender la expresión de su cara—. ¿Qué podría hacernos daño?

—Nada. Nada en absoluto.

A última hora de la tarde del domingo, se levantaron y se ayudaron a vestir el uno al otro.

—Casi son las seis —dijo él, mirando su reloj—. Tenemos que ir a por David.

—Prefiero quedarme —se apresuró a decir ella—. Así tendrá la cena lista cuando llegue a casa.

—Puede que tengas razón. Podemos improvisar una cena para los tres.

Melanie se echó a reír y lo abrazó.

—Mi pobre Giles, creo que necesitas una comida de verdad. Y pensar que no dejo de sermonear a David para que se mantenga lejos de la comida rápida. Si supiera lo que hemos estado comiendo durante estos últimos días, nunca conseguiré que vuelva a comer algo saludable.

Giles la besó en la nariz.

—Prometo guardar el secreto. No tardaré mucho.

Cuando se fue, Melanie entró en la cocina. Estaba

mareada con la inmensa felicidad que la había inundado de repente. Pocas semanas antes, el mundo había sido un lugar estéril y vacío, pero ahora tenía a su hijo y al hombre que amaba.

Al cabo de una hora, miró el reloj, extrañada por la tardanza. Pasaron dos horas y empezaba a sentir los primeros síntomas de alarma cuando sonó el teléfono.

—¿Melanie? —dijo Giles evidentemente alterado.

—¿Qué pasa? ¿Qué le ha ocurrido a David

—Ha desaparecido. Cuando he llegado a casa de Zena no había nadie. Ellos han salido y dejaron a David con un vecino hasta que yo viniera. Pero se ha escapado. He estado dando vueltas buscándolo, pero no lo he encontrado.

—¡Dios mío!

—Quizá trate de volver andando. Yo voy a seguir buscando por aquí, pero quiero que subas al coche y lo busques por los alrededores de la casa.

Melanie estuvo en la calle en diez segundos. Todavía quedaba un poco de luz pero, aunque condujo durante horas, no vio señales de David. Al final, volvió a la casa para ver si Giles había regresado. Giles no estaba, pero había un mensaje en el contestador diciendo que no lo había encontrado y que se dirigía hacia allí. Llegó cinco minutos después, con el rostro horriblemente ceniciento. Se abrazaron un momento antes de decidir que era mejor llamar a la policía.

Cuando Giles extendía la mano hacia el teléfono, éste sonó. Melanie tenía los ojos fijos en él cuando contestaba y vio su sobresalto de alegría.

—Es la policía —dijo Giles—. Lo han encontrado. Quieren que vayamos a por él.

—¡Gracias a Dios!

Sin embargo, cuando subieron al coche, Melanie se lo quedó mirando.

—Pasa algo malo, ¿verdad?

—No lo sé. Había algo raro en la voz de ese policía.

Algo me dice que no va a ser tan sencillo llevarlo a casa. Sin embargo, me ha dicho que David se encontraba perfectamente. No sé qué puede ser, de verdad.

En la comisaría, Giles se dirigió al sargento de guardia.

—Me llamo Giles Haverill. Tengo entendido que mi hijo está aquí.

—¡Ah, sí, señor Haverill! ¿Quiere hacer el favor de pasar a este despacho?

—Primero, me gustaría ver a mi hijo.

—Sí, me hago cargo. Pero hay alguien aquí que desea hablar con usted.

Giles parecía a punto de perder los estribos, pero Melanie le puso una mano en el brazo para tranquilizarlo. Giles le tomó la mano y se la apretó de un modo que a Melanie le recordó a David.

En cuanto entraron al despacho, Giles ahogó una exclamación de horror. Allí, hablando con una mujer policía, estaba la señora Braddock.

—Imagino que sabe por qué me encuentro aquí —dijo ella, levantándose para encararse con él—. Me pregunto si ahora está dispuesto a admitir que no puede hacerse cargo del cuidado del niño.

—No soy responsable de la despreocupación y el egoísmo de su madre —dijo Giles—. Llevo horas buscando a mi hijo y quiero verlo inmediatamente.

—Un momento —dijo la señora Braddock, levantando la mano con un aire de suficiencia que sacaba de quicio—. Soy una profesional, señor Haverill, he estudiado mucho para saber qué es lo más conveniente para los niños perturbados. Y, para cualquier niño, lo mejor es tener una casa estable con dos padres. Ya le he dicho antes que mi opinión es que debemos hacernos cargo de David y...

Melanie escuchaba en silencio mientras crecía su terror. De repente, estalló con violencia.

—¡No! ¿Cómo se atreve a calificar a David de perturbado? Simplemente, no es feliz, pero que me ahorquen si voy a consentir que lo etiquete para tener algo en sus archivos.

La señora Braddock se la quedó mirando un momento hasta que la reconoció.

—¡Ah, sí! La niñera.

—Llámeme como más le plazca. Yo cuido de David mucho mejor de lo que Zena lo ha hecho en toda su vida.

La señora Braddock alzó indignada la barbilla.

—Esa no es la cuestión. David necesita un hogar como Dios manda y yo voy a encargarme de que lo tenga. Será mejor que me lo lleve ahora mismo...

—¡Por encima de mi cadáver! —bramó Melanie—. ¡No se atreva a ponerle la mano encima a mi hijo!

La señora Braddock alzó ambas cejas.

—¿Cómo que su hijo?

—Lo será... pronto —improvisó Melanie—. El señor Haverill y yo vamos a casarnos.

Era una mala actuación, algo que no se habría atrevido a hacer de haber tenido tiempo para pensar. Cuando pronunció aquellas palabras el mundo pareció detenerse mientras ella rezaba para que Giles la respaldara. La señora Braddock se encaró con él, mirándolo recelosa.

—¿De verdad? Resulta extraño que el señor Haverill no me lo haya comentado en persona.

—Lo habría hecho si me dejara abrir la boca, para variar —dijo Giles con una voz casi normal—. La señorita Haynes lleva algún tiempo cuidando del niño y él la quiere. Vamos a casarnos tan pronto como sea posible. No puede haber otra mujer que sea mejor para David, con lo que cumpliremos su requisito de ser una familia normal, señora.

Pero la señora Braddock no estaba dispuesta a dar su brazo a torcer. Titubeó un momento, pero halló una respuesta venenosa.

—Pueden alegar eso en los tribunales. Esta noche, lo mejor será que reclame la custodia de David. Y le aseguro que la policía seguirá mis instrucciones.

La mujer policía que había con ella asintió.

—La verdad es que sería mejor si...

En algún lugar de las profundidades de la comisaría estalló una conmoción. Melanie alzó la cabeza al oír la voz de David mezclada con gritos de protesta y el sonido de unos pies que corrían. La puerta se abrió de golpe y David entró a la carrera, perseguido por dos policías. La señora Braddock alargó un brazo para detenerlo, pero David la esquivó y se arrojó a los brazos de Melanie. Se aferró a su cuello y estalló en violentos sollozos contra su hombro. Melanie lo acarició y se sentó con el niño en el regazo, dejando que llorara. Por encima de David, vio que los tres policías intercambiaban miradas de inteligencia.

Melanie estrechó a David contra su pecho mientras él trataba de explicarse atropelladamente.

—...Yo, quería encontrarte... Ella no me quiere... Me perdí... no me dejarás, ¿verdad?... ¡Promételo!

—Te lo prometo, cariño —dijo ella firmemente.

Entonces se levantó sin soltar a David, que ocultó la cara contra su hombro. Melanie ignoró a la señora Braddock y se dirigió directamente a los policías.

—Me llevo a David al coche. Si cualquiera de ustedes quiere arrebatármelo, será mejor que lo intenten ahora.

Era una apuesta muy arriesgada, pero no le falló la intuición. Los tres policías se apartaron para dejarla pasar. Uno de ellos, extendió un brazo y paró a la señora Braddock. Otro le abrió la puerta. Melanie salió de la comisaría con la cabeza bien alta y su hijo en brazos.

Capítulo Nueve

No tuvieron oportunidad de hablar durante el regreso a casa. Giles condujo y Melanie se sentó atrás con David en el regazo. Todavía estaba conmocionado por la experiencia, se abrazaba a ella y sollozaba. Melanie lo estrechó contra sí y le acarició el pelo con los labios, tratando de consolarlo y darle seguridad.

Ni siquiera en casa estuvo dispuesto a separarse de ella. Melanie se sentó sin soltarlo y escuchó con paciencia mientras él desgranaba su historia. Entre sollozos ahogados lograron entender que Zena y su marido estaban impacientes por salir aquella tarde y se habían cansado de esperar a Giles. Al final, el marido se había enfadado.

—Deja al mocoso con el vecino —había dicho—. A ellos les gustan los críos y a mí no.

Y Zena le había obedecido sin rechistar.

—No me quiere —dijo David entre hipos—. No me quiere... porque soy malo.

—Tú no eres malo —dijo Melanie desesperada.

—Soy malo, soy muy malo. Por eso mi otra mamá tampoco me quería. Soy malo.

—¡No! —exclamó ella con una ferocidad que ninguno de los dos había visto en ella nunca.

Giles se quedó con la boca abierta y David se distrajo de su pena.

—No eres malo —prosiguió ella en el mismo tono fiero—. Nunca vuelvas a hablar así de ti mismo. Eres un chico estupendo y tu padre y yo nos sentimos muy orgullosos de ti.

—¿Ahora vas a ser tú mi mamá?

—Si tú quieres, sí.

—¿Y nunca me dejarás?

—Nunca te dejaré, jamás. Y papá tampoco.

Para asombro de los dos adultos, aquellas palabras actuaron como un encantamiento sobre David. Apoyó la cabeza sobre el hombro de Melanie y cerró los ojos. Sin embargo, no se durmió porque, cuando ella se movió, se sujetó a su cuello con más fuerza.

—Me parece que deberías irte a la cama —dijo ella.

Giles los acompañó y juntos desnudaron al niño y lo metieron en la cama. El llanto lo había dejado agotado y se quedó dormido en seguida, sin soltar la mano de Melanie. Ella esperó a que entrara en el sueño profundo antes de retirar la mano y salir de la habitación sin ruido.

—Va a dormir muchas horas seguidas —le dijo a Giles.

Giles también la tomó de la mano.

—Melanie —dijo emocionado—. No sé como darte las gracias por todo. Si no hubiera sido por ti... No tengo palabras para...

—No nos hacen falta las palabras.

—Lo de que te ibas a casar conmigo, ¿hablabas en serio?

—Por supuesto que hablaba en serio, siempre que tú estés de acuerdo, claro.

—Estoy de acuerdo, desde luego. Pero tengo que saber por qué. ¿Es sólo por David o...?

—No es sólo por David —le prometió ella.

—¿Estás segura? Sé que siempre ha habido un vínculo especial entre vosotros. No lo comprendo, pero sé que está ahí.

—Sí, está ahí. Pero también hay un vínculo especial

114

entre tú y yo. Te quiero, Giles. David crecerá y se marchará de casa, pero a ti te querré siempre.

Los ojos de Giles brillaron con una emoción demasiado profunda como para expresarla con palabras. En otro momento, la habría besado, pero oyeron un grito en el piso de arriba.

—¡David! —exclamó Melanie.

Voló escaleras arribas y abrió la puerta de su habitación. El niño estaba sentado en la cama llorando desconsoladamente, las lágrimas mojaban sus mejillas.

—Te has ido —dijo con voz desgarrada—. Me he despertado y te habías ido.

—Sólo estaba abajo —dijo ella abrazándolo con toda la pasión de la ternura—. No me había ido. Nunca me iré, te lo prometo.

—No dejaremos que se vaya —dijo Giles—. Se quedará con nosotros para siempre.

Para maravilla de Melanie, Giles tomó una de las manos de David. Ella hizo lo mismo con la otra y los tres formaron un círculo perfecto. Melanie pensó que siempre sería así en el futuro. David volvió a acostarse sin soltarles las manos, como si eso le proporcionara la seguridad que necesitaba tan desesperadamente.

—Quedaros conmigo —murmuró.

Melanie sintió que era el momento. Se encontraba inspirada para expresar lo que llevaba meditando tanto tiempo.

—¿Quieres que te cuente una historia muy especial? —David asintió—. Muy bien. Erase una vez, existía una bruja que se llamaba Seraphina.

—¿Era muy mala? —preguntó David.

—No, era una bruja buena. Sólo practicaba la magia blanca y cuidaba de la gente siempre que podía. Vivía en un país muy lejano que se llamaba la Tierra de los Corazones Alegres.

—Seraphina tenía un hijito al que quería mucho

115

—continuó Melanie en voz baja—. Cada mañana, en cuanto se despertaba, pensaba en él y se sentía feliz. Y cada noche, cuando se acostaba, volvía a pensar en él y se dormía con una sonrisa en los labios.

David estaba inmóvil, aunque le apretó la mano con más fuerza. Sus ojos estaban fijos en ella.

—Pero entonces, un día, se puso enfermo. Seraphina hizo todo lo que estaba a su alcance, pero los días pasaban y el niño no mejoraba. Desesperada, fue a consultar al oráculo. Y el oráculo le dijo, «Tu hijito sólo podrá curarse en el país de Nunca Jamás».

—«Entonces, lo llevaré allí en seguida», dijo ella llorando.

—Pero el oráculo dijo, «Está prohibido que los que son como tú vayan a ese país».

—«¿Y qué voy a hacer?», dijo ella sin dejar de llorar.

«¿Cuánto amas a tu hijito?», preguntó el oráculo.

—«Más que a mi propia vida», dijo ella.

—«¿Lo bastante como para separarte de él y no volver a verlo en la vida?»

—Seraphina lloró, pero prefería separarse de su hijo con tal de que pudiera vivir. Y aquella misma noche, recibió la visita de una silueta sombría que abrió los brazos sin pronunciar una sola palabra. Ella se despidió de su niñito con un beso, rezó una oración por su salud y lo puso en los brazos de aquel desconocido. Entonces, se tapó los ojos con las manos y, cuando las retiró, vio que estaba sola.

»Regresó despacio a su cueva, con el corazón destrozado por la pérdida de su hijo. Y cada día y cada noche, pensaba en él con la esperanza de que se encontrara bien. El único consuelo que le quedaba era saber que había echo lo mejor para el niño.»

—¿Cómo se llamaba? —preguntó David, mirándola con mucha atención.

—Peter —dijo ella sonriéndole.

—¿Y ella lo quería mucho, mucho?

—Más que a nada en el mundo, más que al mundo

entero. Pero aceptaba no volver a verlo con tal de que él pudiera curarse. Cuando quieres mucho a alguien, deseas lo mejor para él, aunque eso te ponga triste a ti.

—¿Y qué pasó? ¿Volvió a verlo?

—Te lo contaré otra noche.

—Pero yo quiero saberlo ahora.

Sonriendo, Melanie hizo un gesto negativo con la cabeza.

—Todavía hay mucho que contar. Buenas noches, cariñito —dijo besándolo—. Que duermas bien.

El niño le echó los brazos al cuello.

—Buenas noches —murmuró quedádose dormido.

—Será mejor que me quede con él por si vuelve a despertarse —dijo ella en un susurro.

—Lo sé. Puedo tener paciencia. Ya llegará mi momento.

Giles la besó y salió de la habitación. Melanie tenía el corazón en un puño con el riesgo que había corrido. La historia de Seraphina había sido un medio de contarle la verdad a David con palabras que pudiera entender. Quizá empezara a pensar que su madre se había separado de él por amor y dejara de considerarse un chico malo. Aquella noche había dado el primer paso por un camino que prometía estar lleno de felicidad para los tres.

Se quedó varias horas a su lado, hasta que el niño aflojó la mano. Sólo entonces Melanie se fue a su cama.

Decidieron casarse lo antes posible. Giles consiguió unas vacaciones especiales y fijaron la fecha a dos semanas vista, en la iglesia local, con una recepción tranquila en casa a la que sólo estaban invitados unos cuantos amigos. Melanie no avisó a su familia. Ya no les guardaba rencor, pero jamás volverían a formar parte de su vida. Además, no hubiera podido evitar que hicieran comentarios sobre su pasado. Cuando Giles sugirió que los llamara, su negativa fue tan rotunda que él no insistió.

—Espero que nunca saques ese genio conmigo —dijo él con una sonrisa irónica—. Pareces una mujer muy dulce, pero eres inflexible por dentro.

—Es lo mejor para protegerte —repuso ella.

—¿Cómo que para protegerme?

—A veces creo que necesitas que te protejan tanto como David.

La víspera de la boda, Melanie acostó a David y retomó el cuento de la bruja.

—Pasaron varios años. Seraphina vivía muy triste, sin dejar de pensar en el hijo que tanto quería. Todos los años, cuando llegaba el cumpleaños de Peter, hacía un pastel y le ponía velas, una , dos, tres, y así sucesivamente.

—¿Cuántos años es «y así sucesivamente»?

—Ocho.

Melanie sintió que la mano diminuta que la sujetaba se relajaba, como si aquélla fuera la respuesta correcta.

—Hizo lo mismo durante ocho años.

Tuvo que interrumpir la narración. Se le había formado un nudo en la garganta al acordarse de aquellos años. Cerró los ojos en un intento de detener las lágrimas, pero fluyeron bajo sus párpados y resbalaron por su rostro. Entonces sintió una caricia delicada en la mejilla y, cuando abrió los ojos, vio que David se las secaba.

—Sigue —dijo él en un susurro.

—Y entonces, un buen día, un pájaro gris voló por encima de su cueva cantando, «Vengo del país de Nunca Jamás». Seraphina le preguntó si tenía noticias de su hijo, pero el pájaro empezó a cantar una canción llena de desdicha, «Infeliz, infeliz», cantó. «Él te añora, él te añora».

—«Entonces, tengo que ir a buscarlo», dijo Seraphina. «¿Quieres decirme dónde está?» Pero el pájaro se alejó gritando, «Nunca Jamás, Nunca Jamás, Nunca Jamás», hasta que su voz se perdió en la lejanía.

Melanie se detuvo porque David había cerrado los ojos y el ritmo de sus respiración era regular. Esperó un momento para asegurarse de que estaba verdaderamente dormido. Después, se soltó la mano, lo besó y salió de su cuarto.

Giles la esperaba fuera.

—Sé lo que tratas de hacer. Pero me pregunto si es una buena idea.

—¿A qué te refieres? —dijo ella.

—Se supone que Seraphina es su... No quiero decir su madre porque, para mí, esa mujer no merece tal nombre. Pero es una metáfora de la mujer que lo trajo al mundo, ¿verdad? Tratas de que no crea que ella lo abandonó pero, ¿de qué sirve?

—Para hacer que se sienta mejor cuando piense en ella.

—Pero es que ella sí lo abandonó. ¿Por qué alimentarlo con cuentos de hadas para que se forme una idea falsa? Dentro de unos pocos años será capaz de investigar por su cuenta. Piensa en cómo se sentirá al descubrir la clase de mujer que es en realidad.

—Giles, tú no sabes la clase de mujer que es en realidad. Y no me preocupa como pueda sentirse David dentro de unos años, me preocupa cómo se siente ahora. Confía en mí.

—Haz lo que creas mejor, cariño. Para mí, tu bondad y tu sinceridad son lo único seguro en un mundo engañoso.

—Giles, por favor. No digas esas cosas. Nadie es tan bueno.

—Tú sí. Siempre lo he sabido.

—No me coloques en un pedestal. No puedo vivir ahí. Algún día tendré que caerme y tú te sentirás herido y desilusionado.

—Jamás. Te conozco mejor que tú misma —dijo

mientras tomaba su cara entre las manos y la miraba a los ojos—. Puedo ver tu alma y sé que es muy hermosa. No intentes convencerme de que no. Cuando pienso que voy a tenerte para siempre, no puedo creer en la suerte que he tenido. Dime que es verdad. Dime que me quieres, que siempre me amarás.

—Te quiero —susurró ella con todo su corazón—. Te querré hasta que muera.

—Entonces, yo también, porque la idea de un mundo sin ti es insoportable. Buenas noches, amor mío. Buenas noches por última vez. Mañana, y durante el resto de nuestras vidas, no habrá necesidad de decir buenas noches.

Celia Frayne llegó temprano para ayudar con los últimos preparativos. Sus ojos se iluminaron al ver el vestido de novia, hecho de seda color marfil que le llegaba por la rodilla. Estaba coronado por un sombrero de la misma tela, decorado con capullos de rosas rosas y con un exiguo velo. Más rosas del mismo color formaban el ramillete que Melanie iba a llevar.

—Estás deslumbrante —dijo Celia suspirando.

Melanie sonrió al oírla. Sabía que era bonita pero, por muy hermoso que fuera el vestido, su verdadera belleza irradiaba de la alegría que sentía que rebosaba en sus ojos y se extendía en torno a su cuerpo. Aquel era su día de gloria, el día en que iba a unirse para siempre con los dos seres que más amaba.

Celia se había asomado a la ventana.

—Hay un coche que no conozco aparcado en el camino. Me pregunto de quién será.

—Es probable que algunos invitados vengan a vernos antes de ir a la iglesia —dijo Melanie sin prestar atención.

Sólo pensaba en bajar las escaleras y encontrarse

con Giles. Anhelaba ver su expresión cuando la viera vestida así y apenas podía soportar la espera.

—Sólo tardaré un momento —dijo saliendo de la habitación.

Bajó las escaleras sigilosamente para darle una sorpresa a Giles. La puerta de su despacho estaba entornada y podía oír sus movimientos. Anduvo de puntillas los últimos metros y abrió la puerta de golpe.

—Buenos días, amor mío —gritó.

Y entonces se quedó helada porque vio a la mujer alta y morena que había junto a la ventana. Le daba la espalda, pero Melanie supo quién era antes de que se diera la vuelta. Quiso gritar horrorizada, chillar que aquella pesadilla no podía ser real, pero estaba paralizada. Antes de que ella pudiera hablar, la mujer se volvió.

Era el mismo rostro gélido de hacía ocho años, un poco más duro, si fuera posible, un poco más marcado por las líneas del egoísmo y la arrogancia. Sin embargo, seguía siendo Zena.

—¡Cariño!

La voz de Giles sonó cerca, a sus espaldas. Mareada, Melanie alcanzó a darse la vuelta y vio con amarga ironía que el rostro de Giles le decía exactamente lo que ella había esperado. Estaba encantado, arrobado, y la miraba con unos ojos rebosantes de adoración. Era la mirada que toda novia soñaba ver en su prometido, pero Melanie sabía que su corazón iba a hacerse pedazos en unos pocos momentos.

—Cariño —repitió él con una voz acariciante—. Estás... No tengo palabras. Pero, ¿dónde están mis buenos modales? Esta es Zena. Ha venido a devolverme unos documentos. Zena, ésta es Melanie.

Un brillo astuto había aparecido en los ojos de Zena.

—¡Ah, sí! Ya sabía que era Melanie. Es imposible

que David y Giles dejen de hablar de ti. Lo que no me imaginaba era que fueras «esta Melanie».

Giles frunció el ceño.

—¿Qué estás diciendo? ¿A qué viene eso?

Zena le dedicó una sonrisa fría de puro veneno.

—¿Se lo dices tú o prefieres que lo haga yo?

Melanie no podía hablar. Tenía la boca seca. Sentía que todo el mundo se le había venido encima.

—Bueno, quizá sea mejor que se lo diga yo —continuó Zena—. A fin de cuentas, no sé cómo ibas a encontrar las palabras para decirle que lo has engañado, ¿verdad?

—¿Qué tontería es ésta? —preguntó él—. Nunca creeré que Melanie me ha engañado. Nunca.

—¡Oh! Me parece que vas a tener que creerlo dentro de muy poco, querido —dijo Zena—. A menos, claro, que ella te haya dicho que es la madre natural de David. Pero tengo la impresión de que todavía no te lo ha contado.

Giles lanzó una carcajada seca e incrédula.

—¿Qué estás diciendo, Zena?

Zena señaló con un gesto de la barbilla hacia Melanie, que seguía allí como una estatua de piedra.

—Estoy diciendo que es la intrigante más astuta que he conocido. Dio a luz a David y nos lo entregó legalmente. El día antes de que yo saliera para Australia, vino a verme exigiendo que se lo devolviera.

Giles sacudió la cabeza. No podía creer lo que estaba oyendo.

—Me dijiste que la madre de David no lo quería.

Zena alzó los hombros con indiferencia.

—Al principio, no. Quería tocar en un grupo de rock, pero cambió de opinión. Si quieres que te diga lo que pienso, es una desequilibrada. La eché de casa. Lo último que dijo fue que iba a recuperar a David a cualquier precio. Bien, ahora sabes hasta dónde estaba dispuesta a llegar.

Giles se volvió hacia Melanie.

—¿Es verdad?

—Es verdad que soy la madre de David —dijo ella y vio cómo Giles se quedaba blanco.

—¿Por eso viniste a pedir trabajo?

—Sí. Pero, Giles, deja que...

Giles la acalló, no con palabras, sino levantando una mano ante ella, como si Melanie fuera el mismo diablo. Miró a las dos mujeres, perplejo. Con la intuición del amor, Melanie supo que trataba de encajar aquello con la imagen de perfección que tenía de ella. Se le partió el corazón al pensar en la desdicha que le estaba causando.

Giles habló con calma en aquella atmósfera vibrante de tensión.

—Será mejor que te vayas, Zena. No creo que puedas hacer más daño por hoy.

Zena tomó su bolso y los miró un momento con una sonrisa de desprecio.

—Ha sido una mañana de lo más entretenida. No os podéis imaginar lo harta que estaba de oír hablar maravillas de Melanie. Que si Melanie tenía un corazón de oro, que si Melanie era un dechado de sinceridad, que si Melanie sabía jugar con el niño. Melanie era todo lo que yo no soy. Bien, ahora ya sabes la verdad sobre tu preciosa Melanie. ¿Acaso creías que te amaba, Giles? Sí, quizá fuera lo que ella te dijo, pero sólo ama a una persona y sabemos por ella misma que está dispuesta a todo por recuperarlo. Adiós, que lo paséis bien.

No le hicieron caso, continuaron mirándose mientras el mundo se derrumbaba a su alrededor. Giles parecía un hombre conmocionado. Fue Melanie la que primero encontró su voz.

—Giles, por favor. No me juzgues sin haberme escuchado —suplicó.

—Creo que acabo de oírlo todo.

—Has oído la versión de Zena. Te mintió sobre mí diciéndote que yo me había deshecho de David con una crueldad deliberada, cuando sabía muy bien que yo quería recuperarlo. Has creído esa mentira durante todos estos años.

—Sí, Zena me mintió. Pero no es la única, ¿verdad?

—No podía decirte quién era cuando llegué. Me habrías echado, igual que ella. Sólo quería ver a David, estar cerca de él. Yo tenía dieciséis años cuando nació. Quería quedármelo, pero Oliver desapareció en cuanto supo que me encontraba embarazada y todo el mundo me acosaba para convencerme de que debía darlo en adopción por su propio bien. Mi familia no quiso ayudarme, me destrozó el corazón tener que separarme de él, pero lo hice. Sufría la depresión de después del parto y apenas sabía lo que hacía. Y luego fue demasiado tarde. Quise recuperarlo pero había firmado los documentos.

—¿Cómo supiste quién lo había adoptado?

—Una amiga que trabaja en el ayuntamiento me lo dijo. Me enfrenté a Zena en esta misma casa, pero todo fue inútil. Se llevó a David al extranjero y le perdí la pista hasta hace unos meses. Cuando lo encontré en esa escuela...

—Hiciste tus planes. Sí, me doy perfecta cuenta de lo que ha debido ser.

—El único plan que me tracé fue estar con él. Cuando supe que Zena se había ido y lo desgraciado que era, supe que me necesitaba. Soy su madre. ¿Qué otra cosa podía hacer?

—Supongo que nada —dijo él en una voz casi normal. Por un momento, Melanie creyó que todavía había esperanzas, pero su palabras le hicieron comprender que era imposible—. Por supuesto tú querías recuperarlo. Y si para lograrlo tenías que mentir, estafar y traicionar al imbécil que se estaba enamorando de ti, bueno. ¿Qué más daba? La maternidad es un negocio despiadado, después de todo.

—Giles, por favor...

—Tendría que haberlo imaginado desde el principio. Ahora me doy cuenta de que lo tenía delante de mis narices. Me odiabas aquel primer día, pero te controlaste. Yo era el enemigo, ¿verdad que sí? ¡Contesta!

Aquella rabia repentina hizo que Melanie se encogiera. Volvía a tener la boca seca.

—Sí, eso pensaba. Pero entonces no te conocía.

—Has jugado conmigo como un pez atrapado en el anzuelo. Casi es digno de admiración lo que has hecho. Sólo una persona me ha engañado antes. Ya te hablé de él, ¿no? Pero tú jugabas con ventaja. Yo quería creerte. ¡Dios mío, cómo quería creerte! Así que cerré los ojos a todos los detalles que deberían haberme puesto sobre alerta. Tu empeño en no acercarte a Zena porque tenías miedo de que te reconociera. Ni siquiera quisiste que David llevara una foto tuya. Ah, sí. Fuiste hábil, pero cometiste un desliz. Sabías que habíamos ido a Australia cuando no tenías por qué saberlo.

»Y el color de tu pelo. No es un tono muy corriente. David lo ha heredado de ti. Y ni siquiera así sospeché. Estúpido de mí, estaba ciego porque creía que eras incapaz de mentir. Me tragué el anzuelo, el sedal y la caña. ¿Cuándo decidiste que estarías más segura si te casabas conmigo? No mucho después, estoy convencido.

—¡No! ¿No fue así! —gritó ella—. Cuando me di cuenta de que me estaba enamorando de ti traté de evitarte porque me sentía culpable de tener que mentirte.

—Entonces, ¿por qué has seguido mintiendo? Has tenido oportunidades de sobra para decirme la verdad.

—Tenía miedo de que me echaras.

—Claro. De que te separara de David.

—Y de ti.

—¡Ah, no!

Giles alzó la mano en el mismo gesto de antes, como si tratara de defenderse de ella.

—No sigas con eso. Era una buena historia pero ya ha cumplido con su propósito. Me ha tenido engañado hasta el mismísimo día de mi boda.

—Es la verdad —dijo ella, desesperada.

—Tú misma lo dijiste. Estabas dispuesta a hacer cualquier cosa con tal de recuperar a David.

—Eso pasó hace años. Ahora soy una persona distinta.

—No es cierto. Llegaste a esta casa con una idea fija, David. Eso no ha cambiado, como tampoco has cambiado tú. Ha sido una suerte que Zena estuviera aquí.

Melanie se puso pálida.

—Giles, por favor, no me eches. Lo que haya podido hacer no merece un castigo tan cruel.

—¿Crees que tienes algún derecho a soltarme un sermón sobre la crueldad?

—Puede que no. Nunca he quería hacerte daño, todavía podría hacerte feliz.

—¡Jamás! —explotó él.

—Si no quieres que nos casemos, deja que continúe con mi antiguo trabajo. Fregaré los suelos, haré lo que sea. No me verás nunca. Pero no me separes de David, te lo suplico.

El rostro de Giles parecía esculpido en granito.

—No quiero volver a ver tu cara de intrigante jamás. Ni siquiera quiero volver a oír tu nombre. Te olvidaré y conseguiré que mi hijo también te olvide.

Melanie dejó escapar un grito de agonía y se cubrió la cara con las manos. Su dolor no era sólo por David y ella, que pronto tendrían que volver a separarse, sino también por Giles.

Levantó la cabeza parta intentar la última súplica, pero antes de que pudiera hablar, oyó la voz de David en el pasillo. Miró a Giles desesperada y vio en sus ojos la misma impotencia. Antes de que pudieran reaccionar, David entró en el despacho.

—Mamá ha estado aquí —dijo con ansiedad—. He visto su coche.

Miró a su alrededor y en su cara volvió a reflejarse la frustración al no encontrar a Zena. Bajó la cabeza resignado.

—No ha venido a verme. Se ha ido.

Giles sintió un escalofrío. Con un supremo esfuerzo, borró de su cara todo lo que no fuera preocupación por su hijo.

—Le habría gustado verte, David. Pero tenía mucha prisa...

Entonces, para asombro de Giles y Melanie, la frustración desapareció de la carita del niño y sonrió.

—No importa.

—¿De verdad que no? —preguntó Giles intrigado.

David se volvió hacia Melanie. De repente, pareció que había madurado. Ya no era el niño de ocho años que lloraba desconsolado su abandono, sino un hombre diminuto que había aprendido a aceptar las penas de la vida y a contrarrestarlas con los momentos felices.

—No importa. Ahora tenemos a Melanie.

Melanie tenía un nudo en la garganta, pero David no parecía necesitar una respuesta. Era como si el niño ya hubiera tomado una decisión. Recogió el ramillete que ella había dejado caer.

—Se te han caído las flores —dijo preocupado—. Pero no les ha pasado nada. Sólo se han estropeado un poco —dijo sacando un capullo—. Ya está. Nadie notará que no es perfecto, ¿verdad, Melanie?

—No —dijo ella aturdida—, nadie sabrá que no es perfecto, excepto nosotros —añadió mirando a Giles.

—Y cuando te cases con papá, vas a quedarte con nosotros para siempre, ¿a que sí?

Melanie siguió mirando a Giles, desafiándolo a contradecirla.

—Sí. Cuando me case con tu papá voy a quedarme con vosotros para siempre.

Giles no se movió. Parecía hipnotizado por la escena. David sostenía la mano de Melanie. La cara del niño resplandecía con una felicidad y una confianza renovadas.

—Sí —dijo—. Así será.

Melanie nunca pudo recordar los detalles de la boda, aunque había momentos que descollaban entre la niebla. El desfile por el pasillo del brazo de Jack, acercándose a Giles. Soñaba con que él la había mirado con amor, pero lo único que descubrió en su rostro fue la férrea determinación de ocultar todo sentimiento. Con aquella misma expresión juró amarla y cuidarla. Sólo hubo un momento en que se alteró, cuando el sacerdote le preguntó a Melanie si iba a «renunciar a cualquier otro hombre y consagrarse a su esposo». Una ironía perceptible revoloteó un momento en los labios de Giles antes de desaparecer por completo.

Le puso el anillo en el dedo con unas manos frías como el hielo, pero no tanto como sus labios al darle el beso de rigor.

Entonces volvieron a casa en el coche. Los dos atrás, en silencio. Separados del chófer por una mamparade cristal. Se volvió hacia él con la esperanza de ver sus rasgos relajados, pero sólo vio una sonrisa sarcástica.

—Eres una mujer muy astuta, Melanie. Y también decidida, pero es esa astucia tuya tan despiadada e implacable lo que me inspira respeto.

Y Giles no volvió a despegar los labios durante el regreso a casa.

Capítulo Diez

La recepción aún fue peor. Jack pronunció un discurso, relatándole a los asistentes cómo se había encontrado con Giles y Melanie en Italia.

—En seguida me di cuenta de que allí pasaba algo —dijo en tono jocoso—. Porque cuando le pregunté a Melanie si estaba enamorada de Giles, me respondió con un «¡Tonterías!» tan firme que casi pude oír las campanas de la boda.

Los invitados rieron, pero bajo la mesa, Melanie apretó los puños, sabiendo lo que aquella historia tenía que parecerle a Giles.

Fue David quien hizo soportable aquel día nefasto. Estaba sentado a su lado y de vez en cuando le tomaba la mano, como buscando seguridad. Ella se la apretaba sonriendo. Había hecho realidad el sueño de recuperar a su hijo, pero tenía destrozado el corazón.

Cuando la comida terminó y ella se movía entre los invitados, Jack la retuvo un momento.

—No te habrá molestado que contara esa historia, ¿verdad? —dijo él—. Incluso entonces era obvio que estabais locos el uno por el otro.

—¿De verdad? —dijo ella distraída.

Giles se les acercó.

—Tengo que darte las gracias, Frayne. Un discurso excelente, muy conmovedor.

Jack pareció darse cuenta de la tensión que había entre ellos y, siendo un hombre joven y sin ganas de complicaciones, cambió rápidamente de tema.

—Por cierto, ¿cómo se llama tu hijo? —preguntó Jack.

—David —dijo Melanie—. Lo sabes desde las vacaciones.

—Eso pensaba yo, pero acabo de oír que se presentaba como Peter. ¿Tienes idea de por qué?

—Es una fantasía infantil —dijo ella antes de que Giles pudiera intervenir—. Ya sabes cómo son a esta edad.

Alguien llamó a Jack y Melanie se quedó sola con Giles.

—De modo que te ha funcionado, Seraphina —dijo él en voz baja—. ¡Dios mío! Qué plan tan astuto. Todo ha salido como tú querías. Mis felicitaciones.

—No, Giles...

Pero él ya le había dado la espalda y reía con los invitados como el novio más feliz de la tierra.

Al final, todos se marcharon y se quedaron solos. David le echó los brazos al cuello a Melanie y le dio una abrazo de oso que ella le devolvió con entusiasmo.

—Ya es hora de que vayas a la cama, jovencito.

—Cuéntame más cosas de Seraphina y Peter —le pidió el niño cuando estuvo acostado—. ¿Fue la mamá al País de Nunca Jamás?

Melanie ya sabía que David se identificaba con Peter. En cualquier otro momento habría celebrado su victoria. Aquella noche, sólo deseaba encontrar un medio de reconciliarse con Giles. Pero David era lo primero. Se sentó en la cama y comenzó a hablar con una voz remota y soñadora.

—Sí, Seraphina partió hacia el País de Nunca Jamás. Cuando llegó a la frontera, encontró una sombra que le impedía el paso. «Vuelve atrás», dijo la sombra en un susurro ronco. «Tienes prohibido entrar».

»Pero Seraphina le imploró que la dejara pasar.

«Tengo que encontrar a mi hijito porque lo quiero más que a nada en la vida».

»Entonces la sombra se compadeció de ella y susurró, «Sólo porque lo quieres tanto, te permitiré entrar un único día. Pero después, habrás de irte». Seraphina le dio las gracias y entró en el País de Nunca Jamás.

»Era una tierra extraña y ella anduvo de un lado para otro llamando a Peter. Pero nadie le respondió. Después de mucho caminar, llegó a un estanque de agua clara. Lo miró e hizo unos pases mágicos con las manos diciendo, «Muéstrame a mi hijo tal como es ahora». Y, mientras miraba, se formó en el agua la imagen de un niño.

—¿Cómo era? —preguntó David.

—Tenía ocho años y el pelo rubio —dijo ella acariciándole la cabeza y sonriendo.

—¿De qué color era el de Seraphina?

—Exactamente del mismo color.

—¿Y qué hicieron?

—Se miraron a través del agua y sonrieron, porque no se habían olvidado. Seraphina gritó, «¿Dónde estás?». Pero en vez de contestarle, Peter desapareció.

—¿Qué pasó entonces?

—Eso te lo contaré otra noche —dijo ella sin dejar de sonreír.

—Por favor. Quiero saberlo ahora.

Pero Melanie sacudió la cabeza. ¿Cómo iba a contarle el final de la historia cuando no lo sabía ni ella misma?

—Duérmete —dijo dándole un beso.

Era su noche de bodas, cuando el novio debía haberla esperado impaciente por estrecharla entre sus brazos y consumar su amor. Sin embargo, encontró la habitación vacía. El frac de Giles estaba hecho un fardo en el suelo, como si él lo hubiera arrojado lejos de sí.

Se quedó quieta un momento sintiendo que su

corazón se rompía. Se preguntó cómo podía llegar hasta aquel hombre cuyo corazón se le había abierto sólo para replegarse sobre sí mismo al descubrir su engaño. Bajó las escaleras sin hacer ruido. La puerta estaba cerrada y necesitó de todo su valor para acercarse y abrirla. Giles estaba trabajando, aparentemente concentrado en unos documentos. Ni siquiera levantó la vista.

—Giles, no podemos dejar esto así. Tenemos que hablar.

Cuando la miró, Melanie estuvo a punto de gritar ante lo que vio en su rostro. Había envejecido desde aquella mañana. Unas líneas tensas habían aparecido en torno a la boca y a los ojos que parecían hundidos en sombras.

—¿Es que hay algo de qué hablar?

—Claro. Supongo que podrás escuchar lo que tengo que decir antes de juzgarme.

—Creo que ya te he escuchado esta mañana —dijo él con una voz tan fría como el viento ártico—. Ya te he dicho que no me impresionan tus excusas. De hecho, recuerdo perfectamente haberte dicho que no quería volver a ver tu cara ni a oír tu nombre. Pero has encontrado un medio de obligarme a hacer lo que tú querías. Lo cual, no faltaba más, es lo que has estado haciendo desde el principio. Te admiro. Es una suerte que no te haya dado por los negocios, con tu astucia y capacidad para manipular al enemigo nos habrías dejado en bancarrota a todos los demás.

—No digas que eres el enemigo. Eres el hombre que yo amo.

—¡Oh, vamos! —dijo él en tono cansino—. Soy el hombre a quien has utilizado para tus fines, con mucha sagacidad, por cierto.

—Giles...

—Comprendo tus argumentos, son todos muy buenos. David era tu hijo. Tu hijo. El hecho de que hayas renunciado a él por escrito no significa nada.

Nunca dejes que el respeto por la justicia natural te impida conseguir tus propios fines. Es el código por el que me rijo. No hay lugar para el débil, no hay sitio para las distracciones. No te puedo echar en cara que lo hayas utilizado conmigo.

—¿Cómo te atreves a decir que renuncié a David por escrito? —explotó ella.

—¿No firmaste unos documentos?

—Lo entregué en adopción por su propio bien y no tardé en arrepentirme. Ya te lo he dicho esta mañana.

—Esta mañana hubieras dicho cualquier cosa con tal de salirte con la tuya.

—Pero es verdad —dijo ella apasionadamente—. He sufrido por él durante ocho años. Siempre celebraba su cumpleaños...

—Y le comprabas regalos, y soñabas con el día en que lograras recuperarlo —dijo él con una sonrisa despectiva—. Sí, he oído el cuento de Seraphina. Una estrategia brillante.

—La única estrategia era hacer que David entendiera que su madre biológica no lo abandonó por crueldad, sino que lo hizo por amor. Trato de salvarlo de que crezca creyendo que su madre nunca lo amó. Tú más que nadie deberías entenderlo.

—Lo único que me faltaba era que me recordaras eso —dijo en voz muy baja—. Algo que te he confesado a ti y a nadie más en el mundo. ¡Dios mío! Cuando pienso en las cosas que te conté, en cómo confiaba en ti... ¡Qué imbécil he sido! Tan ingenuo, tan seguro de que te conocía mejor que tú misma y de que en ti sólo había dulzura y verdad. ¡Cómo debes haberte reído!

—Sabes perfectamente que no —dijo ella—. Hubo veces en que... sabías que no me estaba riendo.

—Si no te importa, prefiero no hablar de eso.

—Bueno, pues sí me importa —dijo ella enfadada—. Fueron unos días en los que estábamos muy unidos, cuando me conociste de verdad. Si te empeñas en ignorarlos destruyes mi mejor esperanza de convencerte.

—¿Convencerme de qué?

—De que te quiero.

—Ahórrate el esfuerzo. No tienes ninguna esperanza de llegar a convencerme ni en mil años. En cuanto a lo de conocerte y sentirme unido a ti, no soy lo bastante tonto como para creer que porque practicamos un poco el sexo llegáramos a conocernos. Tú tampoco deberías engañarte.

—¡Practicamos un poco el sexo! —gritó ella—. ¿Cómo te atreves a decir eso? Fue mucho más que sexo y tú lo sabes.

—No lo entiendes, Melanie. Sólo convenciéndome a mí mismo de que esos momentos no fueron más que una gratificación sexual puedo soportar tu presencia. Si me permitiera recordar lo que sentí entonces, lo que creí, que yo te amaba y tú me correspondías, si empezara a recordar eso, entonces tendría que odiarte con toda mi alma.

—¿Cómo puedes odiarme cuando te quiero tanto?

—¡Ya basta! —dijo él violentamente.

—No pienso callarme. Quiero que recuerdes lo que pasó entre nosotros. Piénsalo. Deja que tu corazón recuerde, deja que tu cuerpo recuerde y sabrás que no se trataba sólo de sexo. Para mí no lo fue, no puedo creer que para ti lo fuera.

—Por mí puedes creer lo que te dé la gana. ¿Qué te hace pensar que tu cuerpo es diferente del de cualquier otra mujer?

—Para ti sí es diferente. Lo sé. Sé que me has abrazado como nunca has abrazado a nadie. Sé que me has acariciado con una ternura como ninguna otra mujer ha conocido. Sé que me quieres y no te consentiré que lo niegues.

El puñetazo que Giles descargó sobre la mesa acalló a Melanie.

—¡Basta! —gritó él—. Has vencido. Cualquier mujer decente se habría contentado con su victoria. Pero tú no eres una mujer decente, eres un depredador que tiene que darse la satisfacción de la carnicería. Podría haberte perdonado que quisieras recuperar a David a cualquier precio, aunque fuera yo la víctima. La maternidad es un instinto humano y si es implacable es porque así debe ser. Pero tú quieres más, ¿verdad? Necesitas tenerme a tus pies, entonando alabanzas a tu sinceridad y a tu verdad, tal como solía hacerlo. No es suficiente con haberte reído de mí una vez. Quieres demostrarte que puedes volver a hacerlo. ¿Qué clase de placer consigues con eso?

—Giles, por favor. No me hagas esto.

Giles no la oyó, estaba poseído por una rabia animal y un intenso desprecio de sí mismo.

—Eso sí que sería una victoria, ¿no es así? Engañarme la primera vez fue fácil. No estaba en guardia y, además, te puse todas las armas en bandeja. Pero engañarme una segunda vez, cuando estoy prevenido contra ti, sería un auténtico triunfo. Tú misma lo has confesado, me odias.

—Sólo al principio.

—¿De verdad? He tenido a David conmigo durante esos ocho años. Has debido construir un aborrecimiento magnífico en todo ese tiempo y has planeado la venganza perfecta...

Giles se detuvo estremecido. Melanie extendió un brazo, compadecida de su tormento, pero él la rechazó. Tenía la frente perlada de sudor por el esfuerzo que le suponía dominarse.

—¡No me toques! —le advirtió—. ¡Ni se te ocurra!

Acorralada, Melanie se lanzó al ataque.

—¿Por qué? ¿Por qué tienes miedo de que te toque?

No es tan sencillo como tú pretendes, entre nosotros hay más de lo que te atreves a admitir, ¿verdad?

—¿Vas a darme una conferencia sobre cómo hay que fingir? —ironizó él con humor sombrío—. Te advierto que no lo intentes.

—Hice lo que tenía que hacer. Pero no contaba con enamorarme de ti. Yo no quería, pero no pude evitarlo. Después de eso, todo se complicó.

—No irás a decirme que se complicó para ti. Para una mente como un cepo de acero, capaz de calcular los menores detalles, ¿qué puede ser complicado?

—No me rechaces, Giles. Por favor. No por mí, si no por ti, por David.

—Te has equivocado en el orden.

—No. David va a ponerse bien ahora, pero tu no. No mientras te escondas en un desierto frío donde yo no puedo alcanzarte.

—Lo bueno del desierto es que sabes exactamente dónde te encuentras. Te lo dice un hombre que lo sabe por experiencia. No te preocupes por mí, piensa en David. Ya no sufrirá. En cuanto a él respecta, todo va bien entre nosotros.

—Lo subestimas. No se dejará engañar.

—Pues tendremos que asegurarnos de que no descubra el engaño. La raya está trazada en la arena, Melanie. Ya no hay vuelta atrás.

—La raya nunca estará trazada —respondió ella fervientemente—, no permitiré que me dejes al otro lado.

—Te encantaría oírme decir que todavía te quiero, ¿eh? De acuerdo, lo diré. ¿Quieres oír que me paso las noches despierto pensando en abrazar tu cuerpo desnudo? Muy bien, considéralo dicho. Y la manera en que te apretabas contra mí, y cómo susurrabas mi nombre, y cómo me hacías creer que te daba placer...

—Dame placer —dijo ella—. Lo deseo. Y también deseo darte placer, Giles. Deja que te dé placer.

Giles se mantuvo inmóvil, mirándola con ojos duros.

—Deja que te dé placer, Giles —susurró, rozándole los labios.

Giles le sujetó los brazos, como si quisiera apartarla de su lado, pero no pudo hacerlo. En vez de empujarla, la sujetó con más fuerza. Por un momento, Giles se quedó rígido, inmóvil, mientras la rabia lo devoraba. Entonces, con un gemido, la estrechó contra su pecho. El beso cambió, Giles se adueñó de él y se convirtió en algo salvaje y exigente. Melanie cedió voluntariamente y entreabrió los labios.

Sin dilación, Giles introdujo la lengua rudamente. Era totalmente distinto de los besos juguetones que le había dado en el pasado. Ya no buscaba una respuesta en ella, sino que la exigía.

Melanie creyó comprender. Giles quería que le demostrara la pasión que sentía por él. Era algo que podía hacer con facilidad, todo su cuerpo ardía de deseo por él. Pensó que si podían convertirse en un solo cuerpo, todos sus problemas se consumirían en el fuego del amor físico.

Comenzó a desabrocharle la camisa y a deslizar las manos sobre su pecho. El resultado fue explosivo. Un gemido desgarrado surgió de su garganta. Giles se quitó la camisa de un tirón y la dejó caer al suelo. Enredó las manos en sus cabellos y la atrajo hacia sí. La besó frenéticamente con unos labios que ardían y exigían. Al instante, la estaba desnudando sin miramientos. Los jirones de seda cayeron al suelo.

Lo miró a la cara. Tenía los ojos turbios de pasión, iluminados por un resplandor animal. Le ayudó a quitarle los últimos restos del vestido y de repente se encontró en el sofá. Sintió el tacto del cuero suave mientras tiraba de Giles para que la cubriera con su cuerpo.

—Soy tuya, Giles. Quiero que tú seas mío, sólo mío.

—Lo sé —gruñó él—. Sé que lo quieres todo.

—Sí —dijo ella—. Absolutamente todo.

Giles respondió penetrándola sin preámbulos. Ella jadeó ante el placer agudo que se renovaba a cada movimiento potente de sus caderas. Gritó su nombre en una mezcla de súplica y afirmación. Melanie se consumía de placer, estaba poseída por el placer, renovada por el placer. Mientras se arqueaba convulsivamente contra él, alcanzó las estrellas y llovieron sobre ella en un derroche de delicias.

Había recuperado todo lo que era suyo. Todas las cosas hermosas que habían compartido volvían a ser suyas con sus promesas de futuro intactas. Cuando su cuerpo se tranquilizó y su corazón calmó sus latidos, dejó escapar un suspiro y abrió los ojos.

Lo que vio la dejó helada de horror. Giles la miraba con la expresión indescifrable de un desconocido. Era la cara que había visto cuando había entrado aquella noche en el despacho, pero ahora más dura, más fría, más implacable. Se había dejado arrastrar por una ilusión.

—Muy bien —dijo él despiadadamente—. Ya has conseguido lo que querías, has demostrado que todavía puedes volverme loco con tu cuerpecito astuto. ¿Estás contenta? ¿Todavía no comprendes que tu cuerpo no significaba nada? Era tu corazón lo que yo quería, hasta que he visto lo manipulador e inhumano que es.Y si tenía alguna duda, acabas de disiparla. Me pregunto si te merecerá la pena esta victoria cuando comprendas que al hacer que me desprecie a mí mismo, has conseguido que desprecie...

—¡No! —susurró ella tapándole la boca con la mano—. No lo digas.

—No necesito decirlo, tú lo sabes.

Giles se levantó, fue al escritorio y se sentó en el sillón.

—Y ahora, ¿te importaría dejarme solo? Tengo mucho trabajo.

Capítulo Once

Giles estaba a punto de comenzar una reunión en la sala de juntas cuando sonó el teléfono.

—¿El señor Haverill? Soy la señora Grady, la directora del colegio de David. Me temo que su hijo ha sufrido un accidente.

—¿Cómo? ¿Qué clase de accidente?

—Lo ha atropellado un coche. La ambulancia viene de camino. He intentado llamar a la señora Haverill, pero no me contestan en su casa.

—Ha salido. Yo la llamaré por el teléfono del coche.

Giles anotó el nombre del hospital y colgó de un golpe.

—Lo siento, caballeros. La reunión queda suspendida.

—Pero teníamos que discutir el contrato con Haydock —se quejó su ayudante—. Es muy importante.

—Maldito sea Haydock y su contrato —exclamó Giles—. Mi hijo sí que es importante.

Llamó al coche de Melanie y le contó lo que sucedía. Oyó una exclamación ahogada y, cuando volvió a hablar, su voz sonaba ronca aunque firme.

—Voy ahora mismo. Escucha, Giles. Estoy en las afueras, en aquellos grandes almacenes. Tardaré por lo menos media hora. Dile a David... Bueno, dile que voy a toda prisa.

Cuando ella colgó, Giles se quedó mirando el teléfono, preguntándose qué había esperado oír, ¿una súplica de que la apoyara? ¿Lágrimas? No, sabía que la había apartado demasiado de su lado como para eso.

Durante el mes que había trascurrido desde la boda, él había mantenido una cortesía distante, sonriendo cuando David estaba delante, pero esquivándola el resto del tiempo. Compartían un dormitorio para guardar las apariencias con el niño, pero a menudo se quedaba trabajando hasta tarde y no volvía a casa sino de madrugada. No dejaba de repetirse lo contenta que debía estar Melanie con su ausencia, lo que le daba oportunidad de estar siempre con su hijo. En las raras ocasiones en que se retiraban a dormir al mismo tiempo, se acostaban lejos el uno del otro, con un terrible muro de silencio entre los dos.

Mientras se dirigía al hospital discutía consigo mismo, buscando en vano seguridades. Simplemente no era posible que David muriera ahora, no después de todo lo que habían pasado. Pero no lograba quitarse de la cabeza una imagen del rostro de Melanie. Si perdía a su hijo, la única persona del mundo que le importaba, no tendría ninguna razón para seguir viviendo. Giles sabía que él solo no podía ser consuelo para ella.

En el hospital, una enfermera le indicó dónde estaba la habitación de David, pero cuando llegó al pasillo correspondiente, se sintió estallar de ira ante lo que veía.

—¡Usted! —dijo dirigiéndose a la señora Braddock—. Tendría que haberme imaginado que no dejaría pasar una oportunidad de darnos problemas.

—Sé lo que está pensando —dijo ella con una voz apenas audible—. Se equivoca. No estoy aquí para causar más dificultades. Todo ha sido por mi culpa.

—¿Qué quiere decir?

La señora Grady, la directora, se levantó y los miró a los dos.

—La señora Braddock ha ido a la escuela para

ver a David. Mucho me temo que él no quería verla y se escapó.

—Lo que explica por qué se encontraba en la calle ¿Está muy grave?

En aquel momento apareció un hombre serio y barbudo que se presentó como el doctor Carter. Habló con amabilidad, pero nada podía suavizar lo que tenía que decir.

—David ha perdido mucha sangre. Lo hemos estabilizado, pero necesitamos operar. Por desgracia, su grupo es el AB negativo. Es un tipo sanguíneo muy raro y nuestras reservas son escasas. He pedido que nos manden un suministro de emergencia, pero hasta que no llegue no me atrevo a comenzar. Tengo entendido que David es su hijo adoptivo, ¿no?

—Sí, doctor.

—Es una lástima. Si usted o su esposa hubieran sido sus padres naturales, podríamos....

—Mi esposa es su madre natural —dijo Giles sin ambages.

No se dio cuenta de la cara de sorpresa que ponía la señora Grady ni de la boca abierta de la señora Braddock. De lo único que se daba cuenta era de que ahora sabía por qué el destino había llevado a Melanie hasta él.

—Eso ayudará —dijo el doctor asintiendo—. ¿Sabe si llegará pronto?

—Estaba en las afueras, pero ya viene hacia aquí. Quiero ver a David, doctor.

—Claro, por supuesto. Venga conmigo.

Giles se consideraba un hombre fuerte, pero se sintió enfermo al ver la cantidad de tubos que había conectados al cuerpo de su hijo. El pequeño yacía en una cama blanca con una cara tan pálida como la almohada. A Giles le pareció que era pequeño y muy frágil. Acercó una silla y se sentó junto a la cama para tomar su mano entre las suyas. David abrió los ojos.

—Hola, papá —murmuró.

—Hola, hijo mío —dijo él tratando de que no le temblara la voz.

—¿Ha venido mamá?

«Mamá» siempre había estado reservado para Zena. David llamaba a Melanie por su nombre, pero Giles decidió arriesgarse.

—Llegará en seguida.

El niño no respondió y cerró los ojos. Giles inclinó la cabeza y rezó como nunca había rezado en su vida.

«Dios mío, deja que mi hijo viva. Permite que Melanie llegue a tiempo. Deja que llegue y todo se arregle. Deja que sea yo quien la consuele».

Transcurrieron algunos minutos. David volvió a abrir los ojos.

—¿Ha venido ya?

—Ahora mismo vendrá. Dame la mano.

Enseguida, oyó unos pasos al otro lado de la puerta. Melanie entró y fue directamente a la cama. David le sonrió débilmente.

—Hola, mamá —susurró.

Melanie le devolvió una sonrisa resplandeciente. Giles se dio cuenta de que nadie habría adivinado la angustia que la dominaba. Sin embargo, lo único importante era transmitirle a David fuerzas y confianza.

—¡Señora Haverill! —dijo el doctor Carter en tono apremiante—. ¿Sabe usted su grupo sanguíneo?

—Sí, AB negativo.

—¡Gracias a Dios! Entonces tenemos trabajo. Necesito su sangre para el caso en que David necesite una transfusión. Le tomaré una muestra para empezar.

Los acontecimientos empezaron a precipitarse. Giles observó en silencio cómo Melanie dejaba que le clavaran una aguja en el brazo. El doctor Carter llamó al quirófano y ordenó que se prepararan para operar. Giles permaneció junto a la cama, sosteniendo la mano de David, pero el niño miraba hacia el otro lado, a Melanie.

—Creo que ya es bastante —dijo el doctor.

—¿Ha sacado toda la que necesitaba? —preguntó Melanie.

—Bueno, un poco más nos vendría bien. Pero también tenemos que pensar en usted.

—Extraiga toda la que necesite —dijo ella firmemente—. Olvídese de otras consideraciones.

—De acuerdo. Sólo un poco más. Le importaría explicarle a David que van a ponerle una inyección de anestesia —le preguntó el Doctor a Giles.

Giles asintió y David lo miró con atención.

—Escucha, hijo. La enfermera va a ponerte una inyección para que duermas. No tienes de qué preocuparte. Ya verás, cuando te despiertes te sentirás mucho mejor.

—¿Y mamá? ¿Qué le va a pasar a ella?

—Mamá está bien. No te preocupes de nada.

David apenas pareció notar el pinchazo y a los pocos segundos sus párpados empezaron a cerrarse. Melanie se bajó con dificultad del sofá donde había estado y se acercó para besarlo. El niño abrió los ojos un momento y los dos se sonrieron. Giles se quedó atrás, un figura solitaria y excluida. Al final se puso en marcha la camilla, llevándose a Melanie que sostenía la mano de David.

Giles salió al pasillo. La señora Grady y la señora Braddock seguían allí. La señora Braddock tenía unas profundas ojeras.

—¿Es verdad? —preguntó con voz débil—. ¿Es cierto que su esposa es la madre de David?

—Completamente —dijo Giles—. Acaba de donarle

143

su sangre, es compatible con la del niño como la de ningún otro ser humano.

—¿Pero cómo...?

—¿Acaso importa? —dijo él cansado—. Lo único importante es que ella es la única persona capaz de salvar la vida de David. ¿Qué puede haber más importante que eso? —añadió casi para sí mismo.

Giles fue al quirófano. Quizá Melanie estuviera allí y, en medio de su angustia compartida, podría tener la oportunidad de tomarla de la mano. Su rabia contra ella se había evaporado. Giles sólo podía pensar en el dolor que ella sentía y en qué podía hacer él para aliviarlo. Sin embargo, sabía que él no podía ofrecerle ningún consuelo. Giles no significaba nada para ella.

No la vio en la puerta de los quirófanos, sólo encontró un pasillo desierto y sillas vacías. Una enfermera a la que había visto antes pasó por allí y aprovechó para preguntarle por Melanie.

—Su esposa ha ido a la capilla —dijo ella amablemente—. Es por ahí, a la derecha.

Giles encontró la capilla. Abrió la puerta y vio a Melanie arrodillada en un banco cerca del altar. Tenía el rostro oculto entre las manos y parecía ajena a todo lo que la rodeaba. Giles anhelaba arrodillarse a su lado, unir sus plegarias a las de ella y demostrarle que también compartía su dolor. Pero era demasiado tarde. La había apartado demasiado lejos, ahora se daba cuenta.

Esperó con la esperanza de que Melanie se diera la vuelta y viera en sus ojos la necesidad que tenía de acercarse a ella. Pero Melanie no se movió y, al final, con el corazón destrozado, Giles cerró la puerta y se fue.

Arrodillada en la capilla, Melanie era intensamente consciente de todo lo que ocurría a su alrededor. Incluso el silencio parecía vibrar.

Había comenzado a rezar con palabras, pero las palabras se habían perdido en una súplica incoherente para que su hijo se salvara. Conforme pasaba el tiempo, también los ruegos se difuminaron y sólo vio la imagen de David, sonriéndole como siempre.

De repente, en su imaginación, vio a Giles al lado de su hijo, como antes, mirándolo con amor. Ya no era el desconocido distante en que se había convertido desde su matrimonio. Entonces, la cara de Giles cambió. Su expresión de alegría se transformó no en rabia, sino en desolación. Así se quedaría, afligido y desamparado, si le arrebataban el amor de su hijo, el único que jamás lo había traicionado. A Melanie le dolió el corazón más por él que por ella misma y anheló acudir en su consuelo.

Sus sentidos agudizados le dijeron en qué momento se abrió la puerta. Ella supo sin necesidad de volverse que era Giles quien estaba allí. En otro momento, se habría acercado a ella y el amor que los dos sentían por su hijo habría puesto fin a las hostilidades y quizá habría podido renacer el que habían compartido. Esperó mientras el silencio parecía arder a su alrededor. Entonces oyó que la puerta se cerraba y cuando se dio la vuelta vio que estaba sola en la capilla. Al final se levantó y salió de allí, pero el pasillo estaba vacío y supo que todas sus esperanzas eran en vano.

La operación duró tres horas. Cuando terminó, el cirujano salió del quirófano sonriendo y se acercó a ellos para informarles del desarrollo de la intervención.

—Ha salido muy bien —dijo contento—. Hemos tenido que hacerle una transfusión. La ha aceptado sin problemas. No esperamos que surjan complicaciones. Pueden ir a casa y descansar un poco.

—No, yo me quedo aquí —dijo Melanie al instante.

—Yo también —añadió Giles.

Pero no le dieron esa oportunidad. Su ayudante, al comprobar que había desconectado el teléfono móvil, se presentó en el hospital. Cuando le dieron la noticia de que David se encontraba fuera de peligro, se lanzó a trasmitirle una retahíla de mensajes urgentes, asumiendo que, puesto que hablaba con Giles Haverill, el trabajo era lo primero.

—Escucha, ¿todo eso no puede esperar? —dijo Giles impaciente—. He desconectado el teléfono porque quería que me dejaran en paz.

—Ya está todo arreglado —dijo Melanie con voz tranquila—. ¿Por qué no vuelves al trabajo?

Giles iba a protestar cuando se dio cuenta de la distancia abismal que había en sus ojos. Como si le hubieran dado un golpe en el estómago, supo que ella se sentía feliz de poder librarse de su presencia.

—Muy bien —dijo secamente—. En tal caso, me iré.

Caminó hasta el final del pasillo y se volvió en el último momento por si ella lo seguía con la mirada. Pero una enfermera la estaba haciendo pasar a la habitación de David y, mientras Giles miraba, la puerta se cerró.

Melanie se mudó al hospital desde aquel mismo día. Dormía en la habitación de su hijo y ayudaba a las enfermeras en la medida de sus posibilidades. La recuperación era rápida. En cuanto superó la operación, recobró las fuerzas.

Comenzó a recibir visitas. La señora Wade fue acompañada de Sylvia, quien en seguida pidió ver la cicatriz de su operación. Cuando David se la enseñó con orgullo, Sylvia se apresuró a decir con aire de suficiencia que había visto una mucho más grande que esa. David, indignado, insistió en que no era verdad y en la tumultuosa discusión que sobrevino casi volvió a ser el niño de siempre.

—Lo siento —dijo la señora Wade, nerviosa mientras sacaba a la rebelde de su hija de la habitación—. No consigo que se comporte.

Tuvo que gritar para que se le oyera por encima del tableteo constante de Sylvia que, por encima de su hombro, no dejaba de berrear.

—Sí la he visto, sí la he visto, sí la he visto...

—Que no, que no, que no... —respondía David a gritos.

—No se preocupe —dijo Melanie en el mismo tono—. No le había visto reírse tanto desde que estamos aquí.

También apareció la señora Braddock, no a ver a David sino a Melanie. Parecía envejecida.

—Creí que le gustaría saber que he presentado un informe en el que hago constar que los problemas de David se han resuelto satisfactoriamente. No tendrán más dificultades.

—Muchas gracias —dijo Melanie con frialdad.

Sin embargo, la desdicha evidente de la otra mujer despertó una vena compasiva en ella. No le permitió ver a David por temor a molestarlo, pero le llevó una taza de té y se marchó más alegre de lo que había llegado.

Giles iba todas las tardes y Melanie los dejaba solos en la habitación. Después, se dedicaba a charlar con David hasta que llegaba la hora de dormir. Todas las noches le pedía que siguiera con el cuento de Seraphina y la búsqueda de su hijo perdido. Era obvio que, aunque fuera a un nivel profundo e inconsciente, David sabía lo que trataba de comunicarle por mucho que nunca hablaran de eso abiertamente. Era como si estuvieran tejiendo una fina red de comunicación entre los dos y una palabra a destiempo pudiera destruir su frágil belleza.

Melanie demoraba el final del cuento. Hubiera

sido fácil hacer que madre e hijo se reunieran, como había sucedido en la vida real, pero no acababa de convencerla. Hasta que no pudiera reconciliarse con Giles, faltaba algo en su vida y en la de Seraphina. De modo que se dedicó a elaborar aventuras incidentales, esperando el momento de que la inspiración acudiera en su ayuda y todo terminara.

Sabía que Giles a veces se quedaba en el pasillo, escuchando. Comenzó a dejar la puerta entornada para que pudiera escucharla mejor. Estaba deseando que se decidiera a entrar y a unirse a ellos, pero nunca lo hizo. A Melanie le dolía el corazón al pensar lo aislado que debía sentirse, justo después de que creyera haber encontrado el verdadero amor.

Por lo general, Giles se retiraba en cuanto ella terminaba, pero una noche se quedó.

—Dime una cosa de esa bruja, ¿practica la magia negra?

—No —respondió ella de inmediato—. Es una bruja buena. Comete errores, pero son errores de amor.

—Ella ama a su hijo y es capaz de sacrificar a cualquiera por él, ¿no? No tengo nada que reprocharle.

—¿De verdad?

—Hiciste lo que debías. Eres su madre. Ahora lo entiendo de otro modo. No tengo derecho a culparte por querer recuperarlo. Recuerdo todo le que te dije el día de la boda, pero estaba amargado. No estoy seguro de que hablara en serio y no sólo por atacarte. Pero ahora es distinto.

—¿De verdad? —dijo ella esperanzada.

—Quiero decir que veo las cosas más claras. Cuando le dijiste al doctor que te sacara toda la sangre que necesitara... habrías dado hasta la última gota por David, ¿verdad?

—Sí. Pero tú también. Estoy completamente segura.

—Pero yo no podía. Mi sangre no le servía. Todos los documentos de adopción del mundo no pueden crear el vínculo que hay entre una madre y su hijo. Ningún hombre puede luchar contra eso. He sido un idiota al intentarlo.

—Giles, por favor. Si los dos lo queremos tanto, ¿no podríamos...?

Melanie se calló, desalentada por la distancia que veía en sus ojos.

—Haremos lo que sea mejor para él —dijo Giles—. Podemos amarlo y olvidarnos de nosotros mismos. No sé lo que ganaremos con eso. Nada, quizá. Puede que lo ganemos todo. Pero sé que ahora es demasiado tarde. No quiero complicarte más la vida, Melanie. Sólo deseo cuidar de Peter, quiero decir de David.

Giles le apretó la mano. Era lo más parecido a un gesto cariñoso que había tenido desde la boda. Melanie lo hubiera abrazado, pero él se dio la vuelta rápidamente y se marchó. Melanie entró en la habitación. Todas las luces estaban apagadas menos una pequeña lámpara sobre la mesilla. Se acercó a la ventana desde donde se dominaba el aparcamiento. No tardó en ver a Giles yendo al coche. Lo contempló mientras se alejaba y pensó que nunca había visto a un hombre con más aspecto de sentirse solo.

Capítulo Doce

Al día siguiente de que David volviera a casa, Giles dijo que tenía que hacer urgentemente un viaje que no podía seguir demorando.

—No quería irme hasta que no le dieran de alta y estuviera en casa. Pero ahora...

—Has sido muy amable al esperar —dijo Melanie—. No te preocupes, estaremos bien. Espero que tengas éxito.

—Gracias.

Así se comportaban ahora, con una cortesía dolorosa, respetando los sentimientos del otro mientras evitaban escrupulosamente que sus miradas se cruzaran.

Giles estuvo fuera quince días y regresó cargado de trabajo que lo mantenía en su despacho hasta altas horas de la noche. Pasaba las tardes enteras encerrado en su oficina.

Una tarde, sonó el teléfono, no el móvil, sino el de la casa. Contestó él y se encontró hablando con el sargento de guardia de la comisaría. Giles se acordaba de él. Había sido uno de los policías presentes el día en que habían recogido a David.

—Tenemos a un borracho en el calabozo —dijo el sargento—. No hemos podido averiguar cómo se llama y se encuentra demasiado ebrio como para hablar con coherencia. Pero no deja de repetir su nombre una y otra vez y le hemos encontrado una foto en la que aparece un niño que pude ser su hijo. ¿No podría acercarse a ver si puede identificarlo?

—Iré ahora mismo.

Le dijo a Melanie que tenía que salir un momento. Giles no dijo a dónde y ella no se lo preguntó. Cuando llegó a la comisaría, el sargento lo hizo pasar al despacho donde se encontraba el borracho repantigado contra la pared, mirando el mundo con amargura que se transformó en odio al ver a Giles.

—No, nunca he visto a este hombre —dijo con repugnancia.

—No te acuerdas de mí, ¿eh? —rugió el borracho—. Arruinaste mi vida y ni siquiera me recuerdas. Pero ya me las pagarás. Iba yo a... Como tuviera oportunidad...

—¡Ah, sí! Ahora te recuerdo —dijo Giles—. Oliver Dane. Habías metido la mano en la caja de la compañía que yo quería adquirir.

—¡Mentira! Iba a devolverlo. Yo quería...

Giles se dirigió al sargento.

—¿Qué es eso de que tenía una foto de mi hijo?

El sargento le mostró la fotografía de un niño con un jersey a rayas.

—¿Puede dejarme a solas con él? —pidió Giles.

Cuando la puerta se cerró, Giles se encaró con Oliver que se encogió sobre sí mismo al ver la ira terrible que encendía su cara.

—Tienes cinco segundos para decirme qué haces tú con una foto de David.

—No es David —gimoteó Oliver.

—¿Esperas que me crea que...?

Giles miró la foto con más atención. Entonces se dio cuenta de las diferencias, ligeras pero significativas. No se trataba de David, pero sí de un niño tan parecido que a Giles se le erizaron los pelos de la nuca. Recordó dónde había oído el nombre de

Oliver. Se le había escapado a Melanie en una ocasión...

—¿Quién es este niño? —preguntó sintiendo que se le secaba la garganta.

—Mi hermano pequeño, Phil. Esa foto tiene varios años...

—¿Y cómo es que se parece tanto a mi hijo?

—Mi hijo —dijo Oliver en un murmullo—. Es mi hijo. ¿No te gustaría saber quién es su madre?

—Ya lo sé.

—¡Zorra estúpida! Mira que se lo dije... Se lo advertí. Podíamos haber tenido de todo...

Giles lo sujetó por el cuello de la camisa.

—¿Estás diciéndome que has hablado con ella hace poco? —preguntó con los dientes apretados.

—Pues claro... La seguí y la abordé un día. ¡Señor! Tendrías que haber visto su cara. Yo lo tenía todo planeado, ella y yo, los padres naturales, esa tal Braddock nos hubiera dado la custodia de David con los ojos cerrados. Y tú... hubieras pagado por lo que me hiciste.

Giles lo soltó.

—¡Vaya! ¡Un plan genial! ¿Por qué no funcionó?

—Porque esa zorra estúpida no quiso ayudarme. Le dije que podría recuperarlo, que podía librarse de ti y quedarse con David. Y no quiso, la muy mema. No quiso...

Giles lo miraba inexpresivo.

—¿No te dijo por qué?

—¿Por qué? ¿Cómo que por qué? ¿A quién le importa? Era el plan perfecto y ella se puso a hablar de que si no quería romper corazones. ¡Como si romperte el corazón fuera algo malo!

—Seguramente estaba pensando en David —observó Giles sin el menor signo de emoción.

—No, no. A ti, habló de ti también. Dijo que el crío te quería o que tú lo querías a él, o algo parecido. Un montón de basura senti... mental. Le has echado bien el lazo, ¿eh? Hace años, ella habría echo todo lo que yo le dijera —dijo Oliver con un brillo en sus ojillos astutos—. Estaba loca por mí. Pero ahora tú, tú...

Oliver dio un puñetazo contra la pared. Lo que había dicho aquel individuo sólo apuntaba a una conclusión, pero no tenía valor para aceptarla. Ya había confiado una vez y el resultado había sido desastroso.

Oliver comenzó a farfullar de nuevo.

—Creí que podría convencerla... fui a verla, pero no había nadie. La casa estaba cerrada. Un vecino me dijo que se habían marchado a Italia, nada menos.

—O sea que la primera vez que hablaste con Melanie fue antes de que fuéramos a Italia, ¿no? —dijo en un tono casual.

—¿No acabo de decírtelo? Además, ¿qué más da?

Giles pensó que aquello suponía toda la diferencia del mundo. Significaba que Melanie se había negado a tomar parte en el plan para recuperar a David antes de tener la más remota esperanza de casarse con él. Y eso significaba... El corazón le dio un vuelco al pensarlo.

—¿Quieres que te diga todo lo estúpida que fue?

—Sí, anda. Dímelo.

—Voy y le digo... No puedes negar que soy el padre, no con la foto de Phil. ¿Y sabes lo que se le ocurre decirme?

El orgullo herido estuvo a punto de conseguir que Oliver recobrara la sobriedad, permitiéndole hablar con coherencia un momento.

—Me dijo: «Pero puedo negar que yo sea su madre. Ya veremos entonces de qué te sirve la dichosa foto». Ya ves. Toda la vida buscándolo para luego negar que es su madre. ¡Malditas mujeres!

—Entonces, ¿no llegasteis a un acuerdo? —dijo Giles en voz baja—. Fíjate, algunos no sabemos aprovechar las oportunidades.

—¿Qué?

—No, nada.

Giles miró a Oliver un momento como quien mira una babosa. Entonces llamó al sargento.

—¿Dónde vas? —preguntó Oliver.

—Me voy de aquí —dijo Giles fríamente—. Luego me ocuparé de ti a mi manera.

Regresó a casa pasada la media noche, pero Melanie seguía levantada.

—¿Va todo bien? —preguntó ella, observando sus ojeras.

—No lo sé. Vengo de la estación de tren de meter a un borracho en el coche cama con un billete de ida para Escocia. Se despertará a quinientos kilómetros de aquí preguntándose cómo ha llegado tan lejos. Su nombre es Oliver Dane —añadió mirándola fijamente. Vio que se ponía pálida—. Es el padre de David, ¿verdad?

—Sí. Giles, ¿qué ha estado diciéndote?

—Me ha contado una historia muy interesante sobre cómo te propuso que unierais fuerzas para arrebatarme a David.

—¿Y te la has creído?

—Creo que sí te lo propuso.

—¿De verdad piensas que yo tendría algo que ver con ese plan? Lo mandé a paseo. Giles, tienes que creerme.

—¿Acaso he dicho yo que no te crea?

—No. Pero, ¿cómo voy a saber lo que te pasa por la cabeza? Siempre piensas lo peor de mí.

—Quizá. Y quizá eso me convierta en un imbécil. Quizá sea el mayor imbécil que haya existido en este mundo. No lo sé.

—¿Qué estás diciendo?

—Oliver Dane estaba lo bastante borracho como

154

para decir la verdad. Me ha contado que te negaste a ayudarlo.

—¿Te ha dicho por qué?

—¡Ah, sí! Dijo que por una basura de razones sentimentales. No comprende que no quisieras romper el corazón de David o el mío. ¿Es verdad, Melanie? —preguntó con ojos ardientes.

—Sí, es verdad. Me di cuenta de que había un vínculo muy fuerte entre David y tú. No podía heriros a ninguno tratando de romperlo. Quiero a mi hijo, ya lo sabes. Pero también te quiero a ti. ¡Oh! ¿Por qué no puedes creerme?

—Quizá pueda. Yo lo deseo. No sabes cuánto —dijo con una expresión torturada—. ¡Ayúdame, Melanie! Ayúdame a creerte.

Melanie lo abrazó y, por primera vez, sintió que él la abrazaba sin reservas. Giles buscó ávidamente sus labios, confesándole en silencio su pasión, pero también la necesidad de un amor incondicional que le había sido negado durante toda su vida.

—Te quiero, Giles. Jamás te haría daño a propósito. No se trataba sólo de recuperar a David, te juro que no. ¿Puedes creerme después de lo que Oliver te ha contado?

—No podía entender lo que estaba oyendo, que tenías la oportunidad de arrebatarme a David y te negaste a aprovecharla. Mientras venía a casa he tratado de entender lo que significa. No es sólo lo que me ha contado Oliver. He empezado a recordar cosas tuyas. Desde que nos casamos, he estado ciego, pero tenía la verdad ante mis narices todo el tiempo. Tendría que haber sabido que, en vez de...

—Ya no importa —dijo ella.

—Sí. Importa porque necesito que me perdones. Pase lo que pase entre nosotros, no puedo continuar sin tu perdón.

«Pase lo que pase entre nosotros». Aquellas palabras le hicieron ver a Melanie que se encontraban en un cruce de caminos. La felicidad estaba al alcance de la mano, pero todavía faltaba un poco por andar.

—Cuéntame las cosas que has recordado —dijo ella con el corazón en vilo.

—La manera en que te mantenías apartada de mí cuando estábamos en Italia. ¿Por qué? Sólo podías encontrar seguridad casándote conmigo. ¿Por qué te mantuviste a distancia, Melanie?

—Porque me estaba enamorando de ti. ¿No lo entiendes? Si nos queríamos, era terrible tener que engañarte. Me sentía muy confusa. Me prometí a mí misma contártelo en el momento oportuno, pero no se presentó nunca. Bueno, hubo una vez que...

—Adelante. Cuéntamelo —dijo él muy pálido.

—Aquel fin de semana que nos quedamos solos en la casa. Estuve a punto de decírtelo una noche, pero empezaste a hablar de tu madre y de Zena, y de cómo nunca te habían querido por ti mismo. ¿Cómo iba a contártelo después de eso? Habrías pensado que volvía a pasar, que yo sólo quería estar cerca de David, pero eso no era verdad. ¡Oh, Giles! Por favor, cree que no es verdad. Te quiero por ti mismo. Entonces, ya no pude decirte algo que sabía que iba a hacerte mucho daño. Me prometí que te haría tan feliz que llegaría el día en que podría contártelo sin que tuviera importancia.

—Es demasiado bueno para ser verdad. Tengo miedo de volver a perderlo todo.

—No, nunca. Amor mío, ¿por qué no podemos ser una familia normal? Eso sería lo mejor que nos podría pasar.

—Los tres queriéndonos, los tres juntos... Si tan sólo...

David llamó desde su habitación.

—Será mejor que subas tú —dijo Giles.

—Acompáñame.

—No, quiere verte a ti.

156

—Sólo para preguntarme si ya has vuelto, seguro. Nos necesita a los dos, Giles.

—Ve tú. Yo subiré en seguida.

David estaba sentado en la cama cuando ella entró en la habitación.

—Deberías estar durmiendo. Es más de medianoche.

—¿Ha vuelto papá?

—Sí, acaba de llegar. ¿Quieres que lo llame?

—No —dijo David deteniéndola—. Quiero que acabes el cuento.

—Muy bien, pero sólo un poquito.

—No, quiero que lo termines del todo —insistió el niño.

Melanie se preguntó mediante qué telepatía habría intuido que la historia llegaba al final precisamente aquella noche. Sin embargo, David lo sabía. Estaba allí, en la confianza con que la miraba. De repente, supo cómo terminaba el cuento.

—Cuando Seraphina llevaba viajando mucho tiempo, un pájaro voló por encima de ella y le dijo, «Vete a casa. Ya no haces falta aquí». El pájaro le contó que Peter ya no estaba triste. Un mago bueno lo había rescatado, se lo había llevado a vivir a su cueva y cuidaba de él.

—Cuéntame cosas del mago.

Antes de que ella pudiera seguir, Giles les interrumpió.

—Había vivido muchos años en un desierto helado, tantos que había olvidado que existía la gente. Entonces encontró a Peter y su desierto empezó a florecer, pero sólo un poco, porque Peter tenía el corazón en otro sitio. El niño añoraba a Seraphina y todos los días le preguntaba al mago, «Ha llegado ya? ¿Cuándo vendrá?»

—¿Y qué pasó entonces? —preguntó David muy serio.

—Llegó el día en que Seraphina los encontró —dijo Giles.

Una ligera presión en el hombro de Melanie bastó

para que ella supiera que debía acabar el cuento.

—Y cuando vio a Peter, lo encontró exactamente igual a como lo había visto reflejado en el estanque —dijo Melanie—. Se reconocieron en seguida y corrieron a abrazarse. Pero cuando Seraphina le dijo que se iban a casa, Peter contestó, «¿Y qué pasa con mi mago? Se quedará muy triste si me marcho».

»En aquel momento, el mago salió de su cueva. Y, al verlo, Seraphina empezó a entender que, mientras había estado buscando a Peter, también había buscado al mago sin saberlo. Pero, ahora que lo había encontrado, lo amó desde el primer momento.

—¿Y el mago? ¿También la quería?

—Sí —dijo Giles—. Como Seraphina, él también había estado buscándola mucho, mucho tiempo. Con ella, el desierto floreció de verdad —dijo Giles en voz baja, haciendo de sus palabras no sólo una declaración de amor, sino una súplica—. Y él la amó con todo su corazón.

—¿Y se quedaron a vivir juntos? —insistió David.

Melanie asintió sonriendo. Sentía el corazón tan rebosante de alegría que apenas podía hablar, pero sabía que debía completar aquel milagro.

—Seraphina habló con el mago, «Vámonos todos a vivir al País de los Corazones Alegres». Entonces, Peter le dio una mano a cada uno y los tres regresaron a la Tierra de los Corazones Alegres, donde viven desde entonces sin separarse nunca.

Melanie contuvo el aliento mientras Giles se arrodillaba junto a ellos. David salió de las sábanas y les pasó un brazo por el cuello a cada uno. Radiante de alegría, Melanie se abrazó a los dos, sintiendo que su marido y su hijo la necesitaban.

Y así fue como los tres descubrieron la Tierra de los Corazones Alegres, donde siguen viviendo juntos sin separarse nunca.

Lucy sabía que lo perdería todo si no se casaba con Justin Waite, así que accedió. Él afirmó que sólo quería un matrimonio de conveniencia, pero en seguida dejó claro que sería más feliz con una esposa en el amplio sentido de la palabra. Y Lucy se dio cuenta demasiado tarde de que la razón de que se sintiera tentada por la sugerencia de Justin era que ya no podía verlo como su enemigo...

Casada con su enemigo

Lindsay Armstrong

PIDELO EN TU QUIOSCO

Taylor Kirkland haría lo que fuera por ganar la custodia de su única hija. Así que cuando la cautivadora
Carol Lansing se trasladó a vivir al pueblo, Tay tuvo
una idea brillante. ¿Qué mejor forma que conseguir
recuperar a su hijita que con aquella preciosa mujer a
su lado como esposa?

Carol tenía sus propias razones para considerar la
propuesta de Taylor, y sólo una tenía que ver con convertirse en la mamá de la adorable pequeña. Cada
segundo pasado con Tay llevaba a aquella mujer equi-
librada directamente a la distracción. ¿Cómo podría
rechazar al hombre que podría ser un marido perfecto?

PIDELO EN TU QUIOSCO